Não me deixe só

Claudia Rankine

Não me deixe só

Uma lírica americana

tradução
Maria Cecilia Brandi

todavia

Para Ula Alexandra Lucas

E sobretudo cuidado, mesmo em pensamento, com a assunção da atitude estéril do espectador, pois a vida não é um espetáculo, um mar de dores não é um proscênio, um homem que grita não é um urso dançante.
Aimé Césaire

Peço que me considerem a partir do meu Desejo. Eu não estou apenas aqui-agora, encerrado na coisidade. Eu sou para outros lugares e para outra coisa. Reivindico que levem em conta minha atividade negadora na medida em que busco outra coisa que não a vida; na medida em que luto pelo nascimento de um mundo humano, isto é, um mundo de reconhecimentos recíprocos.

Aquele que hesita em me reconhecer se opõe a mim. Em uma luta feroz, aceito sentir o tremor da morte, a dissolução irreversível, mas também a possibilidade da impossibilidade.*
Frantz Fanon

---

* Frantz Fanon, *Pele negra, máscaras brancas*. Trad. de Sebastião Nascimento. São Paulo: Ubu, 2020, pp. 228-9.

Prefácio

Comecei a trabalhar em *Não me deixe só* em Paris, em 1999, às vésperas da virada do milênio e da posse de George W. Bush na presidência dos Estados Unidos. Era meu ano sabático na Barnard College e eu estava morando no sudoeste de Londres. Em Paris para um fim de semana prolongado, naquele outono, lembro de ter passado pela mesa de um café e pegado um guardanapo de papel para tomar nota de algumas ideias. Até voltar para a casa que alugamos na rua Whittlesey, perto da estação Waterloo, já estava escrevendo num caderno o que me pareciam ser meditações episódicas sobre o que significa viver ao mesmo tempo em comunidade e de forma isolada.

Deliberadamente, escrevi a partir de uma posição de conhecimento e compreensão incompletos, sem saber muito bem, mas sentindo tudo. Deixei que a hesitação, a preocupação, o medo, a apreensão e a necessidade fossem os meus assuntos onde quer que eu visse, ouvisse ou sentisse alguma dessas ou de todas as emoções. Os escritos tornaram-se uma coletânea de movimentos no presente histórico que testemunhei em minha própria vida e na vida dos outros, tanto em arenas muito públicas quanto muito privadas. Parei de pensar nas notas como meditações sobre acontecimentos e passei a vê-las como lamentos em tempo real. Por fim, comecei a entender os escritos como expressões emocionais de instantes no tempo e não tanto como registros de uma vida singular. Eram versos que guardavam afeto histórico. Solidão e violência inundavam os nossos dias, ou assim me parecia. O medo impulsionava tanto as nossas ações quanto a nossa estagnação. Para alguns de nós, ele era uma desculpa para a crueldade e, para outros, sinônimo de terror. A perda era a mesma de sempre.

É um eufemismo dizer que *Não me deixe só* foi um divisor de águas para mim como escritora naquela época. Quando estava no meu escritório, no segundo andar do que antes fora a casa de um estivador em Lambeth, à beira do Tamisa, eu sabia que esse novo trabalho era diferente dos três livros publicados anteriormente. A mesma formação que produziu aqueles livros também influenciou este novo projeto, com uma diferença: eu não estava timidamente experimentando as possibilidades da linguagem; eu estava conscientemente representando um mundo tal como o via e sentia, e, portanto, a ideia tola de que não há espaço para a política na poesia precisava ser entendida como autoapagamento. Escrever — sabendo, vendo e sentindo plenamente — significava usar o que fosse necessário da parte formal e teórica das duas tradições poéticas dominantes da época, e deixar o resto para lá.

Para simplificar bastante, devo dizer que eu estava posicionada entre a chamada "poesia da linguagem", guiada pela teoria, e a tradição da escrita voltada para dentro, muitas vezes descrita como emoção ouvida. Os escritores contemporâneos brancos, que dominavam o panorama poético no final do século XX, não viam que sua branquitude era política, nem que o mundo era devotado à supremacia branca. Consequentemente, estava além de sua capacidade entender como a branquitude informava sua escrita e sua poética. A maioria conservava um nível de inconsciência ignorante e intencional que tinha pouco sentido, mas os fazia deter todo o poder. Isto era verdade dos dois lados da divisão estética de ambas as comunidades poéticas dominantes, mas de maneiras diferentes. (Senti isso em parte porque copresidi uma conferência com a professora Allison Cummings, na Barnard College, intitulada "Where Lyric Tradition Meets Language Poetry: Innovation in Contemporary American Poetry by Women" [Onde a tradição lírica encontra a poesia da linguagem: Inovação na poesia americana contemporânea por mulheres], em abril de 1999, numa tentativa de abordar o quanto essas comunidades estavam isoladas e segregadas, nas páginas e fora delas.) A minha intenção era que *Não me deixe só* colocasse pressão no modelo lírico dominante, e o fizesse se aferrando às formas de escrita que expunham as estruturas de poder inerentes à linguagem sublinhada em algumas obras de "poetas da linguagem". Eu também estava interessada em conectar frequências afetivas ou uma gramática da interioridade à abordagem teórica de alguns autores dessa escola.

Se *Não me deixe só* tem um pano de fundo, é a cidade de Nova York durante a prefeitura de Rudolph Giuliani, na virada do milênio. A Suprema Corte havia se inserido na eleição do ano 2000, anulando uma lei estadual que exigia a recontagem de votos na Flórida, onde uma margem ilegalmente apertada de 537 votos concedeu o estado a Bush, entregando-lhe, assim, os 25 votos eleitorais da Flórida e a presidência. Se antes a Suprema Corte parecia uma guardiã das nossas práticas democráticas, passei a vê-la de forma muito diferente depois dessa eleição, visto que raramente um presidente vence sem o voto popular; tal dinâmica se repetiria na eleição de Donald Trump em 2016.

Quando o relógio marcou meia-noite e o ano 2000 começou, o problema do bug do milênio foi resolvido com um número de quatro dígitos. O medo e o terror que tinham construído a cultura americana ampliaram seu alcance com os ataques de 11 de Setembro e a destruição do World Trade Center, em 2001. As evidentes desinformações divulgadas pela administração de Bush, e propagadas pelo Quarto Poder nas novas e crescentes mídias digitais, corroeram qualquer confiança no jornalismo e na nossa noção dos fatos. A escritora Susan Sontag ressaltou isso num ensaio publicado na *New Yorker* sobre a reação dos Estados Unidos ao 11 de Setembro:

> As vozes autorizadas a seguir o acontecimento parecem ter-se unido numa campanha para infantilizar o público. Onde está o reconhecimento de que isto não foi um ataque "covarde" contra a "civilização" ou a "liberdade" ou a "humanidade" ou o "mundo livre", mas sim contra a autoproclamada superpotência mundial, efetuado como consequência de alianças e ações específicas americanas? Quantos cidadãos estão cientes do bombardeamento americano em curso no Iraque? E se é para usar a palavra "covarde", ela seria mais adequadamente aplicada àqueles que matam a partir de um lugar onde não podem ser atingidos, bem alto no céu, do que aos que estão dispostos a matar-se para matar outros.*

Em 19 de maio de 2022, o ex-presidente Bush concordaria inadvertidamente com Sontag, numa tentativa de condenar a guerra de Vladimir Putin contra a Ucrânia: "O resultado é uma ausência de freios e contrapesos na Rússia, e a decisão de um homem de lançar uma invasão totalmente injustificada e brutal do Iraque... Quero dizer, da Ucrânia".

---

* Benjamin Moser, *Sontag: vida e obra*. Trad. de José Geraldo Couto. São Paulo: Companhia das Letras, 2019. [N. T.]

Este reino da construção de mundos midiáticos acabou determinando a forma estrutural deste livro. O formato vertical sobredimensionado e as imagens em preto e branco da publicação original, de 2004, pretendiam responder às colunas de jornal e aos artigos de opinião. A nova edição, publicada vinte anos depois, passa a ser em cores, reconhecendo a mudança para a mídia online, com um tela mais atual que funciona tanto como televisão como monitor de computador. A atual importância da imagem documental capturada e distribuída pelo telefone celular determinou a substituição de algumas ilustrações do texto, embora muitas ilustrações originais permaneçam.

O uso da primeira pessoa ao longo de *Não me deixe só* funciona como uma decisão estratégica a que cheguei, na tentativa de manter uma espécie de intimidade e agilidade dentro dos próprios poemas em prosa. A primeira pessoa parecia mais um leme do que um eu autêntico, que foi como me ensinaram que deveria ser, de acordo com a lírica tradicional. O caráter ágil e fungível de uma única subjetividade permitiu que a voz desses poemas vagasse pelas paisagens do livro, que existiam para além das experiências da minha vida particular. O "eu" estava lá para sinalizar uma narradora desencarnada, no sentido de que este "eu" podia habitar múltiplos corpos que experimentam, observam ou estão juntos. Respondendo a uma pergunta do poeta Paul Celan, o "eu" estava lá para testemunhar a testemunha. Não era eu, Claudia, a mulher no telhado, mas havia uma mulher no telhado vivendo as experiências em que nós, como leitores, entramos. Qualquer pessoa poderia incorporar a primeira pessoa e nos guiar pelo texto. Para mim, naquela altura, esse foi um mecanismo libertador que me permitiu abordar a inefável desordem afetiva do momento sem me desconectar das pessoas afetadas por ela. "Eu" conseguia existir no cotidiano de todo mundo, de quem eu conhecia intimamente, de quem estava na televisão, de quem concorria a cargos, documentava os momentos, governava o país, aparecia nos livros, e assim por diante.

As notas adicionais foram incluídas ao fim do livro, para deixar em destaque a natureza poética das peças. *Não me deixe só* era ficcional, embora tudo tivesse acontecido. As notas continham os fatos, conforme eram conhecidos na época. Eu quis separar a orientação afetiva da informação factual. Não houve nenhuma tentativa de corrigir a memória no corpo do texto. Alguém comentou isso. Alguém fez isso. Quis segui-los de modo emocional, não factual. O afeto se forma na sensação do que sentimos saber. A forma como entramos na experiência generalizada é, na maioria das vezes, parcial e episódica. No fim, como estamos juntos aqui, os nossos sentimentos particulares são informados de modo envolvente e enraizados em nossos estados crônicos coletivos. A maneira como damos forma à memória disso pode não ser a verdade, mas essas formas informam a verdade do sentimento e da época. As notas reforçam um reconhecimento ou uma admissão, no corpo do texto, de que há sempre mais ou outro caminho ou nenhum outro caminho para a memória.

Não me deixe só era uma coletânea independente até deixar de sê-lo. Quando a editora Graywolf me pediu para explicar o título, eu quis sublinhar a natureza política de *ser* como "ser em si" na escrita poética. Não existe nada fora da política que molde o cotidiano. O fato de que pessoas brancas apresentavam a sua poesia lírica como algo além da política era, em si, político. O poeta Richard Howard referiu-se aos poemas deste livro como "líricos" numa nota que escreveu respaldando o manuscrito original, e o meu próprio desejo de os inserir firmemente na nossa história de supremacia branca e capitalismo exigia a adição de "Americana". A *Don't Let Me Be Lonely: An American Lyric* seguiu-se, dez anos depois, em 2014, *Citizen: An American Lyric* e por fim, em 2020, *Just Us: An American Conversation*. A trilogia, tomada como um todo, abrange o período de 1999 a 2020, mais de duas décadas de violência e ódio numa nação cada vez mais dividida sob a liderança dos presidentes Bush, Obama e Trump. Após os protestos antigoverno de 2010 no mundo árabe, conhecidos como Primavera Árabe, outros movimentos como Occupy Wall Street, Black Lives Matter e #MeToo insistiram numa avaliação mais responsável e integrada do impacto negrofóbico, misógino, supremacista branco, patriarcal e capitalista americano nas nossas vidas diárias. Depois de *Não me deixe só*, *Cidadã* e *Só nós* tentam tanto refletir como simular conversas à luz das nossas lutas diárias com as estruturas de poder que limitam as nossas possibilidades e reduzem as nossas realidades. Muitos leitores chegaram à trilogia pela porta aberta com a publicação de *Cidadã*. A reedição de *Não me deixe só* revê, de forma retrospectiva, onde de fato começa o conceito de "lírica americana".

Claudia Rankine

Não me deixe só

Houve um tempo em que eu podia dizer que ninguém que eu conhecia bem havia morrido. Com isso não quero dizer que ninguém morreu. Quando eu tinha oito anos minha mãe engravidou. Ela foi para o hospital dar à luz e voltou sem o bebê. Onde está o bebê?, perguntamos. Ela deu de ombros? Ela era o tipo de mulher que gostava de dar de ombros; bem no fundo dela havia um eterno dar de ombros. Aquilo não parecia uma morte. Os anos foram passando e só na televisão as pessoas morriam — se não fossem Pretas, estavam vestindo preto ou eram doentes terminais. Aí um dia voltei da escola para casa e vi meu pai sentado nos degraus da nossa casa. Seu olhar não era familiar; era inundado, vazante. Subi os degraus o mais distante dele que pude. Ele estava quebrando ou quebrado. Ou, para ser mais precisa, ele olhou para mim como alguém que entende a sua solitude. Solidão. A mãe dele havia morrido. Eu nunca a conheci. Isso para ele significara uma viagem de volta para casa. Quando retornou, não falou nada sobre o avião nem o enterro.

Todos os filmes que vi quando estava no terceiro ano me obrigavam a questionar: Ele morreu? Ela morreu? Como os personagens muitas vezes vivem contra todos os prognósticos, era com a mortalidade dos atores que eu me preocupava. Se fosse um filme antigo em preto e branco, quem estivesse por perto respondia que sim. Meses depois, o ator ou a atriz aparecia em algum programa de entrevistas noturno para divulgar seu último trabalho. Eu me virava e dizia — a gente sempre se move para dizer —: Você disse que ele tinha morrido. E os mal-informados afirmavam: Eu nunca disse que ele tinha morrido. Sim, você disse. Não, eu não disse. Inevitavelmente ficamos mais velhos; quem ainda está conosco diz: Pare de me perguntar isso.

Ou você começa a se perguntar a mesma coisa de maneira diferente. Eu morri? Embora essa pergunta jamais se traduza explicitamente em Será que eu deveria morrer, em algum momento é feita uma chamada para a linha direta de suicídio. Você, como sempre, está vendo televisão, o filme das oito, quando aparece um número na tela: 1-800-SUICÍDIO. Você disca o número. Você tem vontade de se matar?, pergunta o homem do outro lado da linha. Você diz a ele: Eu sinto que já morri. Quando ele não responde, você acrescenta: Estou na posição de uma pessoa morta. Por fim, ele diz: Não acredite no que você está pensando e sentindo. Em seguida, pergunta: Onde você mora?

Quinze minutos depois toca a campainha. Você explica ao paramédico da ambulância que teve um lapso momentâneo da condição feliz. O substantivo, felicidade, é um estado estático de algum ideal platônico que você sabe muito bem que não deve perseguir. O processo de alteração pelo qual você passou, feliz ou infelizmente, tinha experimentado uma pausa momentânea. Esse tipo de coisa acontece, talvez ainda esteja acontecendo. Ele por sua vez dá de ombros e explica que você precisa acompanhá-lo sem resistir ou ele terá que contê-la. Se ele for obrigado a contê-la, terá que informar que foi obrigado a contê-la. É simples assim: A resistência só vai tornar as coisas mais difíceis. Qualquer resistência só vai piorar as coisas. Por lei, terei que conter você. O tom dele sugere que você deve tentar entender a dificuldade em que ele se encontra. Isso é ainda mais desnorteante. Estou bem! Você não está vendo! Você sobe na ambulância sem qualquer ajuda.

Ou digamos que os olhos estão descansando quando toca o telefone e o que essa amiga quer lhe dizer é que em cinco anos ela vai morrer. Ela apenas diz: Tenho câncer de mama. Então, no tom incrédulo com que se refere ao comportamento estranho de amigos e colegas de trabalho, ela acrescenta: Você acredita nisso? Você pode acreditar nisso? Você pode?

O nódulo foi mal diagnosticado um ano antes. Podemos dizer que talvez ela sobrevivesse se o médico não tivesse feito esse estrago? Se sim, quando a morte dela ocorre de fato?

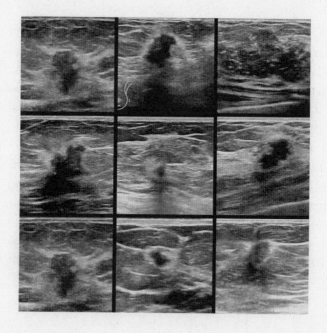

Durante a mastectomia retiram massa muscular e alguma coisa adiposa da região abdominal, usadas na reconstrução de sua mama esquerda. A cirurgiã plástica afirmou que poderia obter um resultado muito melhor com tecido natural, em vez de artificial. Isso acrescentou mais um dia de internação hospitalar.

Após a mastectomia, a quimioterapia, a radiação e a espera, descobrimos que o câncer está nos ossos dessa amiga e sabemos que se instalou. Vou vê-la dois meses antes de ela morrer. Sua pele nessa altura revela o esqueleto. É fácil os olhos não encararem, é fácil aceitar o fato de que o câncer foi substituído pela aproximação da morte. É fácil aceitar que a personalidade dela foi eclipsada por essa condição, que a condição, a sua morte, se fixou. Não é preciso olhar duas vezes.

O câncer lentamente se assentou em seu corpo e viveu às custas dele, até que ele, seu corpo, se tornou inútil para si próprio. Que jeito danado de perder peso — ela diz quando entro no quarto e dou uma olhada que se torna uma imagem inesquecível. Assistimos a muita televisão nos quatro dias em que fico ao seu lado na cama. Conversamos. Ela se cansa. Ela está triste. Ela se cansa. Ela fica com raiva. Ela se cansa. Ela está aceitando. Ela se cansa. Ela se cansa.

Enquanto olho ao redor do quarto, abarrotado de seus pertences, transportados há alguns meses para a casa de sua mãe, qualquer interesse que restasse por qualquer objeto ou peça de roupa é interrompido...

Ela me explica que a "ordem de não reanimar" (DNR) quer dizer apenas que não se pode tentar reanimação cardiopulmonar. Mesmo que eu fosse capaz, não tenho permissão para efetuar compressões torácicas, introduzir uma via aérea artificial, administrar medicamentos de ressuscitação, fazer desfibrilação, cardioversão ou iniciar o monitoramento cardíaco. Não. Não. Não. Não. Não. Ela decidiu. Ela se cansou. Ela está acabada.

Não importa de quem seja a vontade de vida ao seu lado, a morte dela está garantida.

Uma noite debatemos longamente os filmes *Boogie Nights* e *Magnólia*. O consenso é que os dois filmes são motivados pelo tema da figura paterna decepcionante. Em ambos, homens com idade para ser pais de qualquer pessoa fazem maldades com pessoas mais jovens do que eles, pessoas que poderiam ser seus filhos, que são seus filhos, pessoas que — caso essas figuras paternas se comportassem melhor — poderiam tê-las admirado pelo mais ínfimo dos motivos. Tom Cruise está convincente como o filho decepcionado em *Magnólia*. Há outra personagem, com o mesmo nome que eu, também extremamente decepcionada. Embora o assunto câncer não tenha surgido em nossa conversa noturna sobre os dois filmes, apareceu para ele, o personagem de Tom Cruise em *Magnólia*.

Por que as pessoas definham? O fato de o câncer descrever uma massa maligna de tecidos que extrai todos os nutrientes do corpo surpreende primeiro o corpo, depois a dona do corpo e, finalmente, aqueles que a observam. Ou, como ressaltou Gertrude Stein, que morreu de câncer de estômago, "se todo mundo não morresse a terra ficaria totalmente coberta e eu, como sou, não teria vindo a ser, e por mais que eu tentasse não ser eu, ainda assim, eu me importaria muito com isso, como com todo o resto, então por que não morrer, e, no entanto, nada para se gostar, nadinha".

Deixo a televisão ligada o tempo todo. Ela fica em frente à cama vazia. Depois que me visto, não entro no quarto durante o dia. Às vezes, quando estou usando uma saia e tenho vontade de pôr uma calça ou vice-versa, entro lá e as pessoas estão conversando. De vez em quando me sento na beira da cama e fico ouvindo. Ouço apenas por alguns minutos. Um dia, há um sujeito entrevistando um preso do sistema penal, um jovem infrator:

> Homem: *Ele faleceu?*
> Garoto: *Ele morreu para mim.*
> Homem: *Então ele não faleceu?*
> Garoto: *Não sei. Ele pode ter morrido.*
> Homem: *Ele morreu ou não morreu?*
> Garoto: *Ele morreu na minha vida.*
> Homem: *Alguém escreveu na sua ficha que ele morreu. Você disse a alguém que ele morreu?*
> Garoto: *Está bem, ele morreu.*

humm pa pai

Nesse dia percebo que não consigo trabalhar, então escrevo um diálogo na margem do meu caderno.

    Eu achei que eu tinha morrido.

    Você achou que tinha morrido?

    Achei que sim.

    Você se sentiu morta?

    Eu disse: Deus me dê paz.

    Deus dê paz à sua alma?

    Eu achei que eu tinha morrido.

    Você tentou de tudo?

    Eu aguardei.

    Você falou em voz alta?

    Eu disse: Deus me dê paz.

    Você me deixaria só?

    Eu achei que eu tinha morrido.

Ou digamos que um amigo tenha Alzheimer. Por um tempo ele entende que está adoecendo e vai morrer dessa doença. Em uma lousa de recados de sua casa, ele escreve

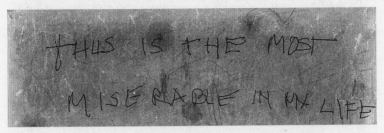

[ISSO É O MAIS DEPLORÁVEL DA MINHA VIDA]

Ele é transferido para uma casa: a casa de repouso Manor Care. Daí ele se torna violento e é transferido para outra: Fairlawn. Tudo isso dura cinco anos. Depois ele morre. Levo a lousa comigo para casa e a penduro na parede do escritório. Sempre que olho para cima da escrivaninha, lá está:

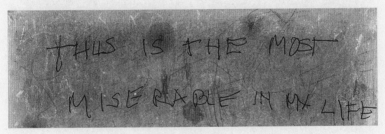

[ISSO É O MAIS DEPLORÁVEL DA MINHA VIDA]

Um dia ouço o poeta Joseph Brodsky, como se estivesse ao meu lado, dizer: *Qual é o sentido de esquecer se depois vem a morte?* Joseph Brodsky morreu, mas esse fato não impede sua voz de entrar no recinto toda vez que olho para cima — isso é o mais deplorável da minha vida *qual é o sentido de esquecer se depois vem a morte* isso é o mais deplorável da minha vida *qual é o sentido...* Não posso impedir as pessoas de dizerem o que precisam dizer. Eu não sei como interromper repetições como essas.

A lousa tem uma moldura embutida, sobre a moldura há um apagador, mas ele riscou as palavras

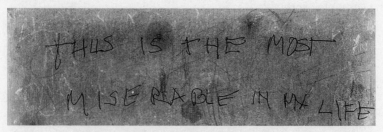

[ISSO É O MAIS DEPLORÁVEL DA MINHA VIDA]

com algum tipo de gume afiado.

[ISSO É O MAIS DEPLORÁVEL DA MINHA VIDA]

Quando sua memória começou a falhar, ele a substituiu por uma espécie de realidade improvisada. Ele desenvolveu a irritação de uma criança de três anos lutando para formular uma frase. Um dia ele apontou para a televisão e, com muito esforço e concentração, por fim disse: Quero ver a senhora que lida com a morte. A primeira vez que você o ouve dizer isso, você acha que a condição dele o fez discernir sua própria mortalidade. A frase fica ecoando na sua cabeça: A senhora que lida com a morte. A senhora que lida com a morte. A senhora que lida com a morte. A senhora que lida. Até que, por fim, *Assassinato por escrito*.

Cornel West destaca que a esperança é diferente do otimismo americano. Depois que divulgam os resultados iniciais das eleições para presidente, paro de assistir ao noticiário. Quero continuar assistindo, traçando gráficos e discutindo as contagens, as recontagens, as contagens manuais, mas não consigo. Perco a esperança. Como quer que Bush tenha vencido, ele ainda estaria vencendo dez dias depois e nós ainda estaríamos envolvidos com nosso otimismo americano. Toda a não reportagem é um desvio de atenção da figura do próprio Bush, o mesmo Bush que não se lembra se duas ou três pessoas foram condenadas por acorrentar um homem negro a um caminhão e arrastá-lo até a morte, no Texas, seu estado natal.

Você não se lembra porque não se importa. Às vezes a voz da minha mãe se avoluma e preenche a minha fronte. Geralmente eu resisto à inundação, mas no caso do Bush me pego falando para a tela da TV: *Você não sabe porque não se importa.*

Então, como todas as coisas ardentes, essa voz ganha vida própria: *Você não sabe porque está pouco se lixando. Não é?*

Eu também esqueço as coisas. Isso me deixa triste. Ou é o que me deixa mais triste. A tristeza não é bem em relação ao George W. ou ao nosso otimismo americano; a tristeza mora no reconhecimento de que uma vida pode não importar. Ou, como existem bilhões de vidas, minha tristeza fica viva junto com o reconhecimento de que bilhões de vidas nunca importaram. Escrevo isso sem partir meu coração, sem irromper em nada. Talvez esta seja a verdadeira fonte da minha tristeza. Ou, quem sabe, Emily Dickinson, meu amor, a esperança nunca tenha sido uma coisa com plumas. Não sei, só percebo que quando aparece o noticiário eu mudo de canal. Essa nova tendência pode ser indicativa de um defeito de personalidade cada vez mais profundo: IME, a Incapacidade de Manter a Esperança, que se traduz como nenhuma confiança inata nas leis supremas que nos governam. Cornel West diz que é isso que está errado com as pessoas negras hoje: muito niilistas. Marcadas demais pela esperança para terem esperança, experientes demais para experimentar, perto demais da morte é o que eu acho.

O controle remoto tem um botão chamado FAV. Você pode programar seus canais favoritos. Não gosta do mundo em que vive, escolha um mais próximo do mundo em que você vive. Eu escolho o canal de filmes independentes e a HBO. Nenhum dos dois tem noticiários, até onde eu sei. Isso é que é ótimo nos Estados Unidos — qualquer um pode fazer esse tipo de escolha. Em vez das notícias, a HBO tem *Família Soprano*. Esta semana o canal alternativo está passando e reprisando filmes de bangue-bangue à italiana. Alguém sempre é baleado ou perfurado com uma flecha no coração e, pouco antes de morrer, diz: Eu não vou longe. Onde? Não vai longe para onde? Em algum nível, talvez, a frase signifique simplesmente não chegar ao dia seguinte, à hora, ao minuto ou talvez ao segundo seguinte. Eventualmente, pode-se imaginar, significa que ele não vai chegar a Carson City ou ao Texas ou a qualquer outro lugar do oeste ou ao México, caso esteja fugindo. Em outro nível, sempre implícito, está o sentido de que ele não vai chegar à sua própria morte. Talvez, lá no fundo, esteja a expectativa de vida para a nossa geração. Talvez essa expectativa esteja lá junto das horas de sono que se deve dormir ou do número de vezes que se deve mastigar os alimentos — oito horas, vinte mastigações e setenta e seis anos. Estamos todos indo nessa direção e não fazer esse aniversário é não ter chegado lá.

Vale a pena assistir a *Meu ódio será tua herança*, de Peckinpah, porque os caubóis do filme não têm para onde ir. Eles são mais velhos e não precisam ir longe, porque onde estão é tudo o que há, ou melhor, é o extremo de um gênero. O deles não é o Antigo Testamento — nenhuma jornada a ser feita; nada prometido; nenhuma terra aonde chegar. Para eles, vida e morte são iguais e presentes de forma simultânea. A simultaneidade dos vivos que já estão mortos é registrada como sexy.

Peckinpah promove no tiroteio final em que todos morrem uma espécie de ataque orgástico que nos liberta do cinematográfico ou, mais precisamente, da fantasia americana de que, não importa o que aconteça, vamos sobreviver. Embora trate-se de homens bonitos, brancos e protagonistas, que não estão todos vestidos de preto, ele literalmente faz com que a vida dispare de todos os pendores antecipatórios. Quando o orgasmo termina, podemos apenas deitar, fechar os olhos e relaxar, embora não estejamos nem liberados nem realizados. Nas nossas próprias "pequenas mortes" entendemos que, uma vez que eles morrem, estamos acabados, nenhuma fantasia americana pode mais nos ajudar.

À noite vejo televisão para me ajudar a dormir, ou vejo televisão porque não consigo dormir. Meu marido dorme durante minha insônia e com o barulho da televisão. Depois de um tempo, vira tudo um borrão. Nunca lembro de ter desligado a TV, mas quando acordo de manhã ela sempre está desligada. Talvez ele a desligue. Não sei.

Algumas noites eu conto o número de comerciais de antidepressivos. Mesmo quando um comercial se repete, eu conto. Parece adequado que as empresas farmacêuticas façam propaganda no meio da noite, quando as pessoas estão menos distraídas e mais capazes de se sintonizar mais precisamente com seus corpos temerosos e as ansiedades que os acompanham.

Um comercial do PAXIL (paroxetina HCL) diz apenas: SUA VIDA ESTÁ ESPERANDO. Parataxe, penso primeiro, mas depois me pergunto: Pelo quê, pelo que ela espera? Pela vida, suponho.

Na tela, desta vez sem som, aparece:

A frase permanece bastante tempo na tela, de modo que quando fecho os olhos para conferir se estou dormindo, em vez da escuridão, SUAVIDAESTÁESPERANDO me encara de volta.

O comercial de outro remédio diz: Tome esses comprimidos. Se você tiver certos efeitos colaterais (não vou enumerar), pode tomar este outro comprimido adicional.

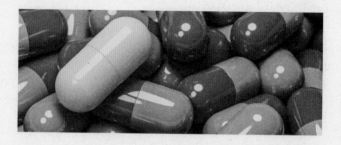

A mulher na tela da televisão está sorrindo. Não consigo deixar de pensar que nela o resultado não foi típico.

A receita que a médica me dá diz: Tome um comprimido diariamente antes de dormir.

No décimo quinto dia, fica evidente que não está funcionando. Tome dois por dia, então, ela diz. Em uma semana não há mais comprimidos. Ela faz uma nova receita. O farmacêutico se recusa a preenchê-la.

> Você ainda deve ter sete comprimidos. O seguro saúde não vai cobrir isso.

> Ela me disse para tomar dois por dia.

> Eles sempre fazem isso.

> Ligue para a minha médica.

> Ela não pode alterar a autorização.

> A autorização? Ah.

> Volte aqui amanhã.

No dia seguinte ele tenta de novo. De novo não funciona, e depois funciona. Ele me dá os comprimidos. Não fica claro o que mudou, mas levo os comprimidos.

> Sem sacola.

Ou ela diz: É possível que você não precise desses comprimidos mas, se precisar, vai querer tê-los à mão.

Os comprimidos estão à mão. São vermelhos, cada um é maior que um Tic Tac, menor que um feijão.

  a. Acaba que decido não os tomar.
  b. Guardo-os no armário do banheiro.
  c. Nunca encosto neles.
  d. Às vezes abro o armário.
  e. Vejo a embalagem de plástico.
  f. Os comprimidos vermelhos chamam a minha atenção.
  g. Pego o recipiente da prateleira.
  h. Leio o meu nome.
  i. Leio as orientações.
  j. Esfrego o polegar nas letras digitadas.
  k. Nunca abro a tampa.

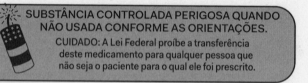

Meu desejo é doar os comprimidos como doaria um par de sapatos que nunca usei. Quero dá-los a um amigo, a alguém que fosse capaz de decidir descartá-los.

É um dia de calor insuportável. A falta de ar-condicionado faz uma garota subir no telhado do seu prédio de trinta andares, apesar da placa com letras em negrito: NÃO É PERMITIDO AOS INQUILINOS USAREM O TELHADO. Ela não tem medo de altura. A sombra da caixa d'água tem o tamanho exato para cobrir o seu torso. Para não expor as panturrilhas ao sol nem ao telhado quente, ela as deixa penduradas na beirada do edifício.

O céu se afoga no azul com nuvens que se agitam como velas ao mar, um mar azul de velas. Depois de um tempo ali deitada, a garota decide gritar um poema de Milosz para o céu.

>Um dia tão feliz
>A névoa se dissipou cedo, eu trabalhava no jardim.
>Beija-flores pairavam sobre madressilvas.
>Não havia nada no mundo que eu quisesse ter.
>Não conhecia ninguém que fosse digno de inveja.
>Qualquer mal que eu tenha sofrido, esqueci.
>Não tinha vergonha de pensar que já fui quem sou.
>Não sentia dores no corpo.
>Ao me estirar, pude ver o mar azul e as velas.

Mesmo que ela pudesse ouvir as ambulâncias, por que as levaria para o lado pessoal? Milosz disse que os Estados Unidos da América eram uma terra de muita solidão. Ela saiu para escapar disso.

Uma multidão se reúne lá embaixo. Se ela soubesse que as pessoas podiam vê-la de seus apartamentos do outro lado da rua, ver suas panturrilhas, seus pés tamanho trinta e seis, seus dedos com esmalte verde, ela teria voltado para dentro apesar do calor.

Então, como se sonhasse, ela ouve uma mulher, praticamente sussurrando, chamá-la de querida. Querida, qual é o seu nome?, é o sopro suave que chega por trás dela. Felizmente, ela não se assusta. Vai ficar tudo bem, diz a policial. A garota suspende as pernas da beirada, fica de pé. Dois outros policiais aparecem de trás da porta pesada. A confusão da garota é genuína, logo, deve ser convincente. No entanto, ela precisa ir ao hospital fazer exames, que se resumem a alguém fazendo perguntas do tipo: Você está bem?

O estranho é que antes de levá-la ao hospital, a ambulância para na delegacia. Na delegacia, quer esteja interessado ou não, o sargento pergunta: Que diabos você pensa que estava fazendo? A garota adora que ele tenha perguntado. Adora que ele a faça pensar no presente, mesmo que suas ações se dissolvam no nosso passado. Em todos os nossos sonhos, a pergunta dele é a que permanece.

O Museu das Emoções em Londres tem um jogo que faz perguntas que podem ser respondidas com *sim* e *não*. Desde que você responda "corretamente", pode continuar jogando. A terceira pergunta é: Você ficou muito abalado(a) e se viu chorando quando a princesa Diana morreu?

Eu disse a verdade e pisei no ladrilho que dizia NÃO. Não me foi permitido continuar. O funcionário do museu, que deve ter ficado envergonhado, desviou o olhar quando me retirei. Enquanto eu saía, não pude deixar de pensar que a pergunta deveria ter sido: Alguma vez na vida a princesa Diana esteve realmente viva? Quero dizer, viva de verdade, para qualquer pessoa além de seus amigos e familiares?

Os ingleses ficaram muito perturbados quando ela morreu. Na televisão mostravam milhares de pessoas enlutadas deixando flores em frente ao palácio.

Será que não estavam de luto porque sentiam que ela deveria ter recebido proteção? Uma proteção que eles nunca terão? Será que não estavam lamentando simplesmente a inevitabilidade fortuita de suas próprias mortes?

Minha mãe me diz que estou só esperando um bom momento. Pretende, assim, me pressionar a seguir adiante e não ficar esperando um bom momento. Ela quer que eu leve uma vida gratificante — uma vida que se possa dizer que valeu a pena e foi bem-sucedida. Minha mãe não está muito preocupada com a felicidade, essa busca inútil ou nem tanto. Até onde ela se lembra, só havia dor associada à alegria do parto. Ela se lembra da dor e quer que tenha valido a pena, em nome de uma vida razoável.

Enquanto observo a boca da minha mãe se mexer, me pergunto: Eu tenho prisão de ventre com frequência? Já vomitei amor ou tossi culpa? Tem alguma coisa errada na minha mente?

Um pai diz ao filho que o que mais lamenta em sua vida é o tanto de tempo que passou se preocupando com a vida.

Preocupação 1. O ato de um cachorro morder e sacudir um animal para feri-lo ou matá-lo, especif. a preocupação de um cão de caça com sua presa; uma instância disso. 2. Um estado ou um sentimento de inquietação mental ou de ansiedade que diz respeito a — ou decorre de — seus cuidados ou responsabilidades, incertezas sobre o futuro, medo do fracasso etc.; preocupação excessiva, ansiedade. Também, uma instância ou causa disso.

Não levou a nada toda a preocupação dele. As coisas deram certo ou não deram certo e agora aqui estava ele, um homem velho, um homem velho que a cada ano de sua vida mordia ou sacudia a dúvida como se fosse para ferir, se não para matar, um homem velho com um filho atraente que se parece com a sua falecida mãe. É estranho como ela descansa ali, tão clara como o dia, no rosto do garoto.

Preocupação 8. Causar aflição mental ou agitação (a uma pessoa, a si mesmo); deixar ansioso e desconfortável. 9. Ceder à ansiedade, à inquietação ou à apreensão: permitir que a mente fique remoendo dificuldades ou problemas.

Ele espera a morte do pai. Retiraram seu pai do ventilador mecânico e é evidente que ele não vai conseguir respirar por conta própria por muito tempo. No início do dia a enfermeira mencionou algo sobre um eletroencefalograma (EEG), que mede as oscilações neuronais nos hemisférios cerebrais, as partes do cérebro que controlam a fala e a memória. Mas seu tronco cerebral está danificado; parece que agora o teste não será necessário. O filho espera que um arquejo quase silencioso e oco saia da boca aberta do homem velho. Esses últimos sons, no entanto, não são como o vento movendo-se no vazio de uma mente. Se desprendem de forma espasmódica e convulsiva. Nunca vem o esganiço ou a asfixia que o filho espera, embora uma acepção de preocupação seja ficar sufocado, sufocar-se.

Ou no ano passado esse grande amigo estava na maior depressão de sua vida. Teve que tirar uma licença médica do trabalho como redator de discursos. Mal conseguia sair da cama. Foi isso que ele disse, então pode ter querido dizer que não estava saindo da cama. Ele disse que se sentia como um velho morrendo, o velho morrendo. As folhas das árvores do lado de fora da janela chacoalhavam dentro dele.

Antes de seu colapso nervoso, tínhamos noites de DVD. Eu chegava com um saco de Doritos e uma garrafa de vinho. Depois do colapso, ele não queria ver ninguém. Não atendia o telefone. Eu ligava, deixava recados — às vezes para romper o silêncio, às vezes para verificar como ele estava. Por fim, ele concordou que eu fizesse uma visita. Caminhei os trinta e seis quarteirões até seu apartamento. Quando cheguei à sua casa, eu estava ansiosa, mas otimista. Achei que o apartamento estaria uma bagunça; o apartamento não tinha poeira. Ele parecia bem.

Sentamos no sofá em frente à televisão. Ele cruzou as pernas e me pareceu silencioso demais, embora eu não tivesse base de comparação, pois nunca antes reparara nos traços de sua conversa fiada. Ele havia alugado *Fitzcarraldo* no Movie Place. Eles entregam e buscam. Herzog é seu diretor favorito. Ele recusou a taça de vinho que lhe servi.

Seu corpo não podia ingerir álcool e remédios ao mesmo tempo. Ele estava tomando Lítio, um comprimido quatro vezes ao dia. Havia um adesivo vermelho no frasco do remédio alertando contra o uso de álcool. Ele me passou o frasco.

Enquanto assistia ao filme, corriam lágrimas por suas bochechas. Além de servirem para expressar emoções, as lágrimas têm outras duas funções: lubrificam os olhos para que as pálpebras possam se mover suavemente sobre eles quando piscamos; expelem corpos estranhos. É difícil sentir uma emoção digna de lágrimas diante de qualquer coisa em *Fitzcarraldo*, uma vez que o filme é sobre ter projetos bizarros e realizá-los em nome da arte, mas como as lágrimas continuavam caindo por muito tempo depois da piscada suave ter sido restaurada e de corpos estranhos terem sido expelidos, concluí que, aparentemente, meu amigo estava expressando sua emoção e não estava bem, nada bem, não.

Timothy McVeigh morreu às 7h14 e um repórter pergunta aos parentes de suas 168 vítimas se eles o perdoavam. Talvez porque McVeigh tenha a aparência de um garoto americano qualquer, esta seja mais uma tentativa da mídia de imunizá-lo contra seus atos. Ainda não entendo bem por que o repórter pergunta isso agora, mas mesmo assim continuo assistindo para ouvir o que é dito. Muitos dizem: Não, não, não o perdoo. Poucos dizem: Sim.

O que significa perdoar e como o perdão se manifesta? "O perdão só perdoa o imperdoável", afirma Jacques Derrida. Timothy McVeigh nunca pediu para ser perdoado. Ele deu a entender que tanto a condenação quanto o perdão eram irrelevantes, citando o poema "Invictus", de William Earnest Henley: "Não importa quão estreito seja o portão,/ Quão cheio de punições o pergaminho,/ Eu sou o mestre do meu destino,/ Eu sou o capitão da minha alma".* A necessidade de perdão não aparece na declaração final de McVeigh à imprensa. Mesmo quando sua execução com uma injeção letal é transmitida em um circuito fechado de televisão para as famílias das vítimas, ele não dá nenhum sinal de que o perdão seja necessário para ele.

Então, o que é o perdão e como ele se manifesta?

O perdão, por fim concluo, não é a morte da amnésia, nem é uma forma de loucura, como afirma Derrida. Para quem perdoa, é simplesmente uma morte, um encolhimento do coração, a posição do que já morreu. É, por fim, a sobrevivência, uma compreensão de que isso aconteceu, está acontecendo, acontece. Ponto. É um sentimento de nulidade que não pode ser expresso a outra pessoa, uma ausência, um vazio sem fundo que os vivos conservam, algo além de tudo que é odiado ou amado.

---

* William Earnest Henley, *Invictus*. Trad. de Ana Rüsche. São Paulo: Barbatana, 2020. [N.T.]

Naquela mesma noite sonho que os Kennedy me convidam para uma festa. Todos os Kennedy que já morreram estão mortos. Caroline está lá e é muito simpática comigo, muito gentil. Embora seja possível sobreviver sem água por três dias, tomo alguns copos de Perrier com limão, circulo, me divirto. Quando estou pronta para ir embora, o garçom, com um camelo ao seu lado, se aproxima com a conta. Pego dez dólares, mas todos aqueles copos d'água somavam dez mil dólares. Perdão, digo ao garçom. Sou, é evidente, pega desprevenida, tanto financeira quanto emocionalmente.

Troquei o Prozac por fluoxetina. A patente do Prozac expirou e agora que está disponível a marca genérica, fluoxetina, o seguro saúde só cobrirá esta, minha editora comentou casualmente. Já que a Oprah treinou os americanos a dizer qualquer coisa em qualquer lugar, e já que a minha editora não vê mais a confissão como algo íntimo e cheio de silêncios, eu por acaso sei e digo a ela que a empresa farmacêutica Eli Lilly, que fabrica o Prozac, agora comercializa uma nova pílula: o PROZAC DuraPac. Tente convencer o seu médico de que tomar uma pílula para depressão todo dia é deprimente, sugiro. Estamos todos juntos nessa — onde, quando e o que quer que seja — tudo bem entrar em detalhes.

Estamos almoçando juntas porque estou escrevendo um livro sobre hepatotoxicidade, também conhecida como insuficiência hepática. Na imaginação das pessoas, a insuficiência hepática está associada ao alcoolismo, mas a verdade é que 55% das vezes ela é causada por medicamentos. Muitas vezes, aparece um "eu" que foi internado porque "engoli um frasco de Tylenol e entrei em coma. Hoje posso dizer que felizmente o coma não me levou à insuficiência hepática e à morte, mas naquela época fiquei decepcionada quando acordei em um quarto de hospital. Acordei lentamente por causa dos remédios no organismo. Lembro de sentir frio. Lembro de tremer. Me enrolaram em cobertores. Havia uma agulha reta colada na minha pele, perfurando meu braço. A enfermeira, tentando demonstrar o quanto eu tinha evoluído, me informou no dia da minha alta que a primeira coisa que perguntei ao acordar foi: Viva? Ela disse que respondeu: Sim, meu amor, você está viva. Quando me contou essa história ela sorriu e duas covinhas cavernosas apareceram em suas bochechas. Por que você está sorrindo? Por que você está sorrindo, minha enfermeira sorridente?"

Minha editora me pede para lhe dizer exatamente o que o fígado significa para mim. Ela não deve ter lido o artigo de Laurie Tarkan no *Times*, embora tire o jornal da pasta e o ponha no centro da mesa. Aponto um parágrafo e leio em voz alta: *O fígado é particularmente vulnerável aos medicamentos porque uma de suas funções é decompor ou metabolizar substâncias químicas que não se dissolvem na água... Mas às vezes as substâncias em decomposição são tóxicas para as células do fígado. Na verdade, considerando as substâncias nocivas às quais o fígado é exposto, é surpreendente que mais medicamentos não o lesionem.*

Já li tudo isso.
Ah.
Você não respondeu a minha pergunta.

Ela começa a guardar suas coisas. Permaneço sentada no restaurante por uma hora depois que ela vai embora. Entendo que o que ela quer é uma explicação para as misteriosas conexões que existem entre uma autora e seu texto. Se estou presente enquanto sujeito, que responsabilidade tenho pelo conteúdo, pelo valor de verdade, das próprias palavras? O "eu" sou mesmo eu ou o "eu" é um câmbio de marcha para passar de uma frase a outra? Devo dizer nós? A voz não é diversa se assumo responsabilidade por ela? O que o meu tema significa para mim?

Por que me importo com o fígado (*liver*)? Eu poderia ter dito a ela que é porque a palavra *live* (viver) se esconde dentro dele. Ou poderíamos ter feito alguma coisa com o fato de o fígado ser o nosso maior órgão interno, logo depois da alma, cuja presença é grande, embora fique escondida.

Na verdade, eu sei a resposta à pergunta dela, mas como posso lhe dizer: *Compreenda sem esforço que o homem, às vezes, fica pensando, como se tentasse chorar.* Estou reformulando um pouco o que diz o poeta César Vallejo, porque Vallejo chega mais perto de explicar que qualquer tipo de conhecimento pode ser uma receita contra o desespero, mas ela não aceitaria a resposta dele, não dava para usá-la em um texto publicitário.

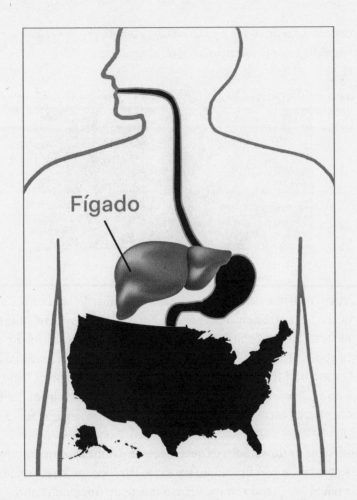

E eu não sou exatamente uma pessoa chorona, embora meus olhos lacrimejem com frequência por causa das minhas alergias. Em todo caso, as outras lágrimas, aquelas que expressam emoções, que reconhecem e assumem responsabilidade pela alma, não vêm. Em vez disso, sinto uma dor aguda nas entranhas. E embora doenças cardíacas sejam as que mais matam as mulheres nos Estados Unidos, a dor não tem nada a ver com isso. Sinto-a desde sempre. Não exatamente um colapso, só a sensação de que há pedaços dentro de mim se descolando dos tecidos, como se meu corpo estivesse sendo golpeado.

Às vezes olho no rosto de alguém e preciso me preparar — o golpe está a caminho. Por exemplo, entro no meu quarto para pôr meias porque sinto frio nos dedos e Abner Louima está na TV: *Espero que o meu caso provoque uma mudança. O que aconteceu comigo não deve acontecer com nenhum ser humano, nem com os meus filhos nem com os filhos de ninguém...*

Já se passaram quatro anos desde que ele foi sodomizado com um cabo de vassoura enquanto estava sob custódia policial. Foram dois meses e três cirurgias até que ele pudesse sair do hospital. Ele acaba de chegar a um acordo de 8,7 milhões de dólares com a prefeitura e o sindicato dos policiais. O advogado de Louima, Johnny L. Cochran Jr., está ao lado dele. Louima parece bem. Um repórter pergunta como é a sensação de ser um homem rico. Rico, não, diz Louima. De sorte, sorte por estar vivo. Por instinto, minha mão segura meu abdômen.

E o outro: Todos os tiros, todos os quarenta e um, nunca fazem sentido, nunca tornam-se plurais, e não ficarão no passado. Pareceu um desperdício chorar diante da televisão quando anunciaram a morte de Amadou Diallo.

68

Às vezes acho que é sentimental, ou exagerado, intelectual certamente não é, ou talvez seja muito ingênuo, muita automutilação isso de valorizar cada vida desse jeito, de sentir cada perda a ponto de toda vez se contorcer. Não há perda inovadora. Nunca foi inventada, aconteceu como algo físico, algo que se sente fisicamente. Não é uma coisa que um "eu" discuta socialmente. Embora Myung Mi Kim tenha dito que a poesia é, na verdade, responsabilidade de todos em um espaço social. Ela disse que é aceitável ter cãibras, entupimentos, dobrar-se, ter que cobrir a carne com as mãos, ter que segurar a dor, e depois traduzi-la aqui. Ela disse, basicamente, que o que alerta, altera.

Eu também senti.

A solidão?

Eu deixei acontecer.

Sentindo?

Não deixando de sentir.

Isso é muito...

Como morrer?

Talvez, ou a morte em segundo lugar.

Depois de quê?

Da solidão.

Defina solidão.

Por que estamos vivos? Minha irmã tinha uma filha e um filho. Ela morreu? Ele morreu? Sim, eles morreram. Os filhos e o marido da minha irmã morreram em um acidente de carro. Ela é psiquiatra, mas não consegue se ajudar. Ela não prescreve, é provável que, legalmente, não possa prescrever, nenhum medicamento para si mesma. Seu mundo — com sua permissão — está desabando. *"Por que..." "O que..."*

Eu escuto, mas não falo. Olho nos olhos dela. Nos sentamos no chão em lugares públicos, com os rostos molhados. Então, de repente, estou no meu carro, girando a chave na ignição, meus assuntos cotidianos emergindo. Quem ela será quando estiver cansada demais para chorar? Para onde vai o tipo de dor que ela sente? Paul Celan sussurra em meu ouvido:

> Todas as formas de sono, cristalinas
> que assumiste
> na sombra da linguagem,
>
> a elas
> conduzo eu o meu sangue,
>
> os versos de imagens, a esses
> vou albergá-los
> nas veias cortadas
> do meu conhecimento —
>
> *o meu luto, bem vejo,*
> *corre para ti.*

Definir a solidão?

Sim.

É o que não podemos fazer uma pela outra.

O que significamos uma para a outra?

O que uma vida significa?

Por que estamos aqui senão uns pelos outros?

Ou a mãe de uma amiga morre quando ela está voltando para casa do enterro de seu pai na Suíça. Enquanto o avião em que ela está cruza o Atlântico, sua mãe morre de um ataque cardíaco em New Hampshire. Encontro essa amiga por acaso no Cupping Room, no SoHo. Ela está vestindo um casaco de pele longo.

   Era da minha mãe. Ela morreu...

Essa mulher, uma amiga da faculdade, parece bem. Talvez não sejamos responsáveis pela vida de nossos pais — não em nossos poros ou em nossa respiração. Podemos esperar. Podemos resolver. Podemos aceitar. Depois, vestimos suas roupas, nos sentamos em suas cadeiras e nos lembramos deles. Lembramo-nos profundamente deles. Mas não somos responsáveis. A construção da minha irmã, sua personalidade, parece apagada. Qualquer coisa, digo a ela. Escrevo em meus bilhetes: Eu faço qualquer coisa. Na verdade, não posso fazer nada além de observar, no movimento do seu luto, a morte de três pessoas. No fim de cada dia vem a manhã.

Um marido acorda ao meu lado, espreguiçando-se, perguntando:

   Meu amor, meu bem, querida,
   você dormiu bem?

Vemos na televisão que um menino de treze anos é condenado por homicídio qualificado, por ter matado uma menina de seis anos quando ele tinha doze.

Eu, ou nós, pouco importa, procuramos a história no *Times*. A garota teve o fígado rasgado, o crânio fraturado e costelas quebradas — talvez houvesse até mais. De todo modo, o tempo dela acabou. O menino foi julgado como adulto ou como se fosse uma criança morta. Não existem mais crianças, ao menos não esse menino, esse menino que é apenas uma criança. Mas que criança se comporta assim? Que criança se comporta assim, sabe das consequências e ainda insiste que estava brincando de ser lutador? Saber e não entender talvez seja uma definição de ser criança. Ou a responsabilidade não tem relação com compreender o sentido — a justiça decidiu.

Neste momento estamos sozinhos com os fatos, como ele estará quando entender. No tempo que leva para o recurso ser julgado, ele será uma criança morta em uma prisão de adultos. Ele estará vivo sendo outra pessoa. Ele estará lá com os adultos e, já que a vida dele está transcorrendo dessa forma, em nossas mentes ele será para sempre uma criança morta. Vejo as lágrimas correrem quase paralelas pelas bochechas de sua mãe. O que sinto é uma dor de cabeça. No frasco de Tylenol alguém diferenciou entre adultos e crianças. Eu, sendo adulta, posso tomar dois comprimidos. Enquanto olho para o rótulo, de algum lugar uma voz sussurra em meu ouvido: Encontre conforto em nossa força.

Na tentativa de expressar um sentido desejado, uma espécie de *constructio ad sensum* corrompido, reivindico o sonho em que estou sentada em um frasco de comprimidos imenso.

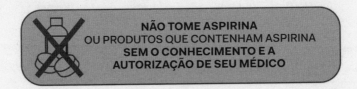

É tão alto que eu teria que pular para chegar ao chão. A tampa branca se move um pouco, mas não desenrosca. Consigo ver todos os comprimidos, talvez placebos, amontoados lá dentro, mesmo enquanto estou sentada em cima deles. Os comprimidos se refletem em outros frascos de comprimidos virados de cabeça para baixo. Porque estou tão no alto, não consigo ver mais ninguém, mas posso ouvir o áudio: Ela está morta, acabada, nenhuma cena imaginada poderá ajudá-la agora.

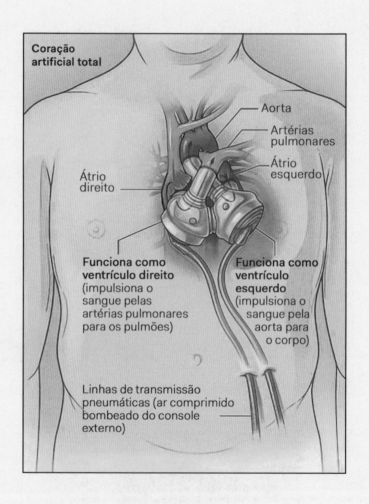

O sr. Tools, por um tempo a única pessoa no mundo andando por aí com um coração artificial, disse que a coisa mais estranha era existir sem batimentos cardíacos. Era uma singularidade privada e talvez solitária. Ninguém mais poderia dizer: Sei como você está se sentindo. O único ser vivo sem batimentos cardíacos, em vez disso ele ouvia um zumbido. Não era o mesmo zumbido de uma sirene, mas sim o zumbido veloz e repetitivo de uma máquina cujo movimento insistente poderia, enfim, parecer um silêncio.

O sr. Tools tinha em seu corpo o melhor dispositivo possível. Ele sentia seu peso. O peso em seu coração era seu coração. Toda a aparelhagem — coração artificial, bobina de energia, bateria e controlador — pesava dois quilos. O zumbido, se você não for o sr. Tools, só é detectável com um estetoscópio. Para o sr. Tools, aquele zumbido era o sinal de que estava vivo.

"Entendo que a morte é inevitável, mas também entendo que se houver uma oportunidade de estendê-la, você aproveita", disse Robert Tools.

Uma amiga passa na minha casa para uma visita, mas eu acabei de vestir o casaco. Vamos à pizzaria Sal's, logo na esquina. Nossa conversa se arrasta, até que ela diz: Não gostei de *Desonra*, do Coetzee. Indiquei esse romance para ela, então sorrio porque me sinto acusada de algum delito, mas também acho graça porque na verdade não importa, não é? Não é para todos, eu digo. Tem sempre algum outro livro para ler. Recomendo *Dentes brancos*, da Zadie Smith. Essa amiga não aceita ser ignorada. Ela quer saber por que tantas pessoas inteligentes gostam de *Desonra*. Quero dizer que se ela parasse de pensar nas pessoas como inteligentes, talvez entendesse o porquê. Em vez disso, digo algo sobre ninguém aprender nada com a história, e que talvez seja uma crítica à Comissão de Verdade e Reconciliação da África do Sul. Não sei. Tento outra vez, alegando que Coetzee sugere que a terra é o que sobrevive. No fim, ele é um naturalista. Não sei que penso isso antes de dizer. Mastigo minha pizza e me pergunto o que é um naturalista, o que a palavra significa além de seu óbvio compromisso com as leis naturais. Tem alguma coisa a ver com eutanásia? Ela está sentada à minha frente em silêncio, não responde, não começa. Você sabia que Petrus significa pedra?, eu pergunto. Petrus é o nome do principal personagem negro do romance. Como se eu não tivesse dito nada, ela pergunta, enfática: Que mulher não foi estuprada? No romance, Petrus ignora um estupro. Não reajo. Ela vai ao banheiro. Enquanto isso, visto meu casaco. Depois que nos separamos e estou subindo a escada para o meu apartamento, fico pensando que com certeza há uma porcentagem de mulheres que não foram estupradas. No entanto, não sei, na verdade. Talvez esse seja o tipo de coisa que eu posso descobrir no Google.

Depois penso que, talvez, "que mulher não foi estuprada" possa ser outra maneira de dizer "isso é o mais deplorável da minha vida".

Ou, durante as férias em um vilarejo do Caribe, me sinto mal e um médico me dá um remédio com prazo de validade vencido há muito tempo. Mostro para a enfermeira. Ela ergue a cartela de comprimidos que eu expunha em minha palma aberta, enquanto ajusta os óculos com a outra mão. Ela sabe que me perguntou se tenho alguma doença no fígado. E embora esses comprimidos de desintegração oral estejam na categoria B de risco em caso de gravidez na classificação da FDA, o que significa que é improvável que prejudiquem um feto, ela também lembrou de perguntar se estou grávida. Não estou, nem estou amamentando, o que acaba sendo uma sorte, pois não se sabe se o medicamento passa para o leite materno. A única questão incômoda, portanto, é a data de validade expirada. Bem, a enfermeira diz em um tom de voz que insinua que não condena nem os comprimidos e nem a mulher que está diante dela. Pego de volta os comprimidos que ela estende para mim. Ao sair da clínica, me sento à mesa de um boteco à beira-mar e vejo as ondas quebrando. Peço um copo d'água com limão e um drink chamado "Entre os lençóis". Secando as mãos, puxo o alumínio da cartela e retiro com cuidado o primeiro comprimido. Não tento empurrar o comprimido contra o papel-alumínio, pois ele pode quebrar. Em seguida, puxo o alumínio de outra bolha e retiro com cuidado esse comprimido. Imediatamente, coloco os comprimidos na língua e eles se dissolvem em segundos. Eu poderia engolir com saliva, mas tomo um gole d'água. Não sinto nenhum efeito colateral incomum e grave. Não tenho reação alérgica nem dificuldade para respirar, não sinto a garganta fechar, não tenho inchaço nos lábios, língua ou rosto, nem urticária. Mesmo depois de uns goles no drink, não sinto batimentos cardíacos irregulares, não tenho cãibras musculares nem movimentos involuntários. Não há necessidade de procurar atendimento emergencial ou contatar o médico. Depois de um tempo, sem descascar mais nenhum papel-alumínio, me sinto bem.

Pergunto à minha irmã se ela viu o comercial do Diflucan, um novo medicamento antifúngico que é menos complicado do que o supositório Monistat. Um efeito colateral raro mas possível do Diflucan é a lesão hepática. O que o Monistat tem de incômodo, o Diflucan tem de arriscado para o fígado. O que há de errado com isso?

Eu acho graça, mas minha irmã está desatenta porque lhe pediram para avaliar o valor da vida de seus filhos mortos. Ela precisa se encontrar com um regulador de sinistros. Até agora eles só conversaram por telefone. Ele quer que ela reúna informações sobre seus filhos, prepare algo como um álbum de recordações, ele disse. Boletins escolares, prontuários médicos, atividades extracurriculares. Minha irmã não chora ao me contar isso. Ao contrário, ela parece desatenta e impaciente. Estou fazendo as perguntas que ela fez ao regulador e ela está irritada com esse reflexo de si mesma. Quer dizer para mim as três palavrinhas que gostaria de ter dito a ele.

Para me preparar e por acaso li um artigo sobre reguladores de sinistros na *Harper's*, escrito por um cara chamado Adam Davidson. O título "Working Stiffs" [Trabalhando duro] tinha o humor monótono dos trocadilhos — humor do tipo engraçadinho. Mais do que tudo, quero contar à minha irmã sobre o artigo de Davidson, mas não quero correr o risco de generalizar a experiência dela. O que eu sei, sei por causa de Davidson; o que ela sabe, sabe porque está sendo obrigada a representar uma vida que eu não quero viver. Faço perguntas, todas as que Davidson já respondeu.

Discutimos sobretudo o que deve e o que não deve ser incluído no retrato da vida de seus filhos. Quase sempre concordamos. Cada atividade é um sinal, um sinal que aponta para a classe social, que aponta para o potencial valor. A escola particular, as aulas de tênis, o time de futebol, a medalha de mergulho, a coleção de peixes exóticos, ou sua falta, tudo isso levava a algum lugar. Não é um destino que precisamos alcançar, já que, é claro, as crianças não o alcançaram. No fim das contas, ninguém mora naquele lugar. É um lugar de compensação desvinculada da compaixão. É um lugar razoável criado por adultos para adultos após a realidade de uma perda.

No ônibus, duas mulheres discutem se Rudy Giuliani teve que se ajoelhar diante da rainha da Inglaterra quando foi nomeado cavaleiro. Uma diz que tem certeza que sim. Todos precisaram fazer isso, Sean Connery, John Gielgud, Mick Jagger. Todos eles. A outra diz que, se ele tivesse se ajoelhado, teriam visto na televisão. Se ele tivesse feito isso, a gente teria visto. Estou te dizendo, teríamos visto isso acontecer.

Quando o ônibus chega no meu ponto, continuo ponderando a ideia de Giuliani como um nobre. É difícil separá-lo dos extremismos ligados à cidade de seus anos na prefeitura. Ainda assim, um dia após o ataque ao World Trade Center, um repórter lhe pediu para estimar o número de mortos. Sua resposta — Mais do que podemos suportar — me fez virar e olhar para ele como se fosse a primeira vez. É verdade que carregamos conosco a ideia do que somos. E então há três mil mortos e isso é incompreensível e inassimilável. Não podemos suportar isso nem fisicamente nem emocionalmente, na verdade nem deveríamos ter essa capacidade. Então, quando o número é divulgado, ele é uma peneira que não consegue conter a perda que Giuliani reconheceu e pela qual respondeu.

Wallace Stevens escreveu: "a peculiaridade da imaginação é a nobreza... nobreza que é nosso ápice e nossa profundeza espiritual; e embora eu saiba o quão difícil é expressá-la, ainda assim, sou obrigado a dar-lhe um sentido. Nada poderia ser mais evasivo e inacessível. Nada se distorce e busca disfarçar-se mais rapidamente. Há uma vergonha em exibi-la e, na sua apresentação definitiva, um horror a ela. Mas aí está".

Sir Giuliani ajoelhado. Aparentemente não era algo para se ver na televisão, mas sim um momento para ser ouvido e sentido; um momento que permitiu que o encontro da sua imaginação com a morte se ajoelhasse sob o peso da realidade.

Três dias após o ataque ao World Trade Center, chove. Chove a noite toda com uma firmeza que se esvai pela manhã. Naquela mesma tarde vou ao centro da cidade ver o local. A chuva, pensei, teria limpado a fumaça do ar. O lugar ainda está fumegante porque os escombros continuam queimando. Há um cheiro rançoso no ar. As equipes de resgate estão lá, movendo os pedaços de destroços à mão. Na luz enevoada e fraca eles sombreiam os mortos, são eles mesmos amortecidos.

 Seus movimentos são tão lentos que neles posso descansar meus olhos. Algo engole o barulho dos caminhões. Eu os vejo, mas não os ouço. A linguagem da descrição compete com os mortos no ar. Meus olhos ardem e lacrimejam. Empilhadas ao longo do caminho estão as macas de madeira, que nunca foram necessárias. A tinta escorre nos cartazes de desaparecidos colados nas laterais dos prédios. Os rostos nas fotografias estão desbotados. Em alguns lugares a chuva limpou as cinzas e o concreto em pó, em outros lugares ela revestiu, com uma massa de cinzas e concreto, os parapeitos das janelas, a parte externa dos carros, toda e qualquer superfície disponível.

Os policiais, de costas para os trabalhadores, encaram o público, os repórteres, toda e qualquer pessoa; ficam de pé com o peso sobre uma perna falando baixinho uns com os outros. Tenho a sensação de que o diálogo entre eles, seja qual for, não se conecta à parte do seu cérebro que está lá para policiar nosso luto curioso.

Da noite para o dia, Osama bin Laden se torna um nome familiar. Laden, alguém me disse, rima com *sadden* [entristecer], não com *lawless* [fora da lei]. Fechando os olhos, posso vê-lo. É claro que o apresentam como Satanás. Ele é um terrorista. O compromisso que tem com seus próprios interesses vai além de sua necessidade de continuar vivo, talvez além da própria necessidade ou da própria vida.

Na faculdade, quando estudei Hegel, fiquei impressionada com a explicação que ele dá para o uso da morte pelo Estado. Hegel argumenta que a morte é usada como uma ameaça para manter os cidadãos na linha. No instante em que você deixa de temer a morte, você não é mais controlado por governos e assembleias. Em certo sentido, você deixa de ser responsável pela vida. As relações embutidas entre o "eu" e o "nós" se desequilibram e perdem todo o senso de responsabilidade. Esse "você", funcionando como outro, agora existe além de nossas noções de espaço civil e social.

Assim, os terroristas incorporam esse além; eles são essa liberdade encarnada. Levam à vida esse estado fatal de ilegalidade, do fôlego à falta de ar. Carregam as vidas daqueles de quem se aproximam para um território onde mal se respira. Às vezes fecham a porta atrás de si, mas não podemos esquecer que ela está lá. Os dois estados são fortalecidos por esse entendimento. Antígona, a personagem, e não a peça, na definição tebana era uma terrorista doméstica. Hegel a usa como exemplo. Ela se identificava com os mortos, estava disposta a caminhar entre eles. Ao longo do drama, embora ainda faltem muitas falas dela na peça, Creonte a descreve para sua irmã como já morta. É assim, foi assim, com Osama.

Indo para casa, me pego cantarolando, na melodia de "Day-O", *Come Mister Taliban give us bin Laden*. Essa versão da música, que acompanha uma animação, me foi enviada por e-mail e agora não consigo me conter.

Estou andando atrás de dois caras grandalhões. Um diz ao outro:

> Não me arrependo de nenhuma parte da minha vida. Tem sido uma vida boa. Se alguma coisa acontecesse, eu aceitaria numa boa.

Acho que ele quer dizer que aceitaria a própria morte. Tenho vontade de dizer que ele não vai precisar.

Em um táxi correndo pela West Side Highway, deixo os pensamentos flutuarem sob a superfície do Hudson, até que por fim me ocorre que os sentimentos preenchem os vazios criados pela ação indireta da experiência. Embora a experiência seja social, os pensamentos a transportam para um espaço singular e é isso que provoca os sentimentos de solidão; ou é isso que faz o sentimento e a experiência colidirem, de modo que o que resta é a solitude que chamamos de solidão. E daquele espaço de solidão, posso perceber que o taxista me observa pelo retrovisor.

Ele quer saber se sou aluna da Universidade Columbia.

>   Anos atrás, agora eu só moro no
>   bairro.
>
>   Você parece inteligente. O que
>   faz da vida?
>
>   Eu escrevo sobre o fígado.
>
>   O fígado? Sério? Você é médica?
>
>   Não, não. Eu escrevo sobre o fígado
>   porque estou pensando como se tentasse chorar.
>
>   Oi? Você acha que o fígado
>   está ligado aos pensamentos?
>
>   Bem, não exatamente.
>
>   Enfim, me diga uma coisa, você vive
>   neste país há muitos anos?
>
>   Mais de trinta.
>
>   Bem, sim, então. Pois me diga uma coisa, já
>   reparou nesses brancos, eles acham que
>   são melhores do que todo mundo?

Se eu já reparei? Você está brincando? Você não está brincando. De onde você é?

Paquistão.

Entendi. Passaram-se poucos meses do 11 de Setembro. Eles acham que você é da Al Qaeda.

Eu sei. Mas as coisas que eles me dizem. Eles não sabem de nada.

Fique feliz por não poder ler os pensamentos deles — tenho vontade de lhe dizer. Em vez disso, sorrio para o espelho retrovisor. Por que com esse sorriso tão bonito você está tentando chorar? — ele pergunta, quando paramos diante do meu prédio.

Transferir ou não transferir fundos de um plano de aposentadoria para outro? Ter ou não ter um novo iMac? Fazer ou não fazer transações eletrônicas? Diversas vezes esses foram momentos Kodak, plenos de individuação; estávamos todos a caminho do nosso recorde pessoal. Aparentemente os Estados Unidos eram uma meritocracia. Eu, eu, eu sou Tiger Woods. Era a década de 1990. Agora é o século XXI e ou você está conosco ou está contra nós. Cadê a sua bandeira?

Tenho a impressão de que o que o ataque ao World Trade Center roubou foi nossa disposição para sermos complexos. Ou o que o ataque ao World Trade Center nos revelou foi que nunca fomos complexos. Talvez queiramos acreditar que podemos condenar e podemos amar e que podemos condenar nosso país porque o amamos, mas isso é complexo demais.

No almoço, alguém diz:

> Que história é essa de prender centenas de pessoas
> e monitorar conversas entre advogados e
> clientes? Quem a gente pensa que é?
> A China?

Dentro do espaço da piada construída, todos riem sem parar.

Quando a cidade de Nova York chegou em casa, recebeu uma mensagem do Diretor-Geral dos Correios.

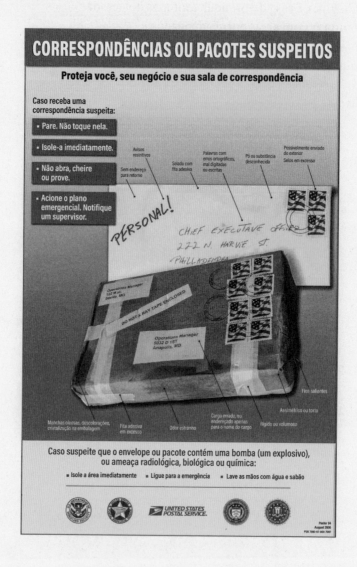

Duas perguntas: O que deve me fazer suspeitar de uma correspondência? O que devo fazer com uma correspondência suspeita? Aparentemente, são perguntas reais. Pessoas estão doentes e morreram. O que devo fazer? Não devo sacudir, bater ou cheirar a correspondência. Não devo manuseá-la. Devo notificar as autoridades. Devo lavar bem as mãos com água e sabão.

Com o passar dos dias, começo a me observar de perto. A América que sou está lavando as mãos. Está verificando um endereço de remetente. Está observando a quantidade de selos. Aí chega o momento: antraz por inalação ou resfriado comum? — preciso me perguntar. Algo acontece — um outro tipo de pó branco — e sou levada para dentro. Gosto de quem estou me tornando? Esta sou eu? Medo. Medo no muco. Medo no ar. Medo estrangeiro.

A descarga da minha privada, a minha água quente, o meu ar-condicionado, o meu plano de saúde, meu, meu, meu — todos os meus meus foram fabricados na América. Era assim que eu estava viva. Ou eu não estava viva. Eu era um produto, ou como um produto, produto de uma animação tradicional da Disney, e semelhante a ela — animada com estilo, um tanto cômica. Já pensei em mim como uma pessoa sem medos.

Mahalia Jackson é um gênio. Ou Mahalia Jackson é genial. O homem com quem estou tenta fazer uma distinção. Estou incomodada com sua necessidade de fazer essa distinção porque sua investigação passa a tatear nuances sutis de racismo, classismo ou sexismo. É difícil saber qual. Mahalia Jackson não terminou a oitava série, ou a genialidade de Mahalia se baseia na junção de sua voz com sua espiritualidade. A verdadeira espiritualidade é uma força em si. Não sei como responder a tudo isso. Em vez de responder, mudo de assunto.

Acabamos de assistir ao documentário de George Wein, *Louis Armstrong em Newport, 1971*. No auditório, uma plateia cheia de desconhecidos ouviu Mahalia Jackson cantar "Let There Be Peace on Earth", levantou-se e aplaudiu de pé uma tela de cinema. Sua visão clara atravessa trinta anos e dirige-se intimamente a cada um de nós. É como se sua voz estivesse sempre adormecida dentro de nós, esperando para ser despertada, mesmo que "tenha precisado atravessar sua própria falta de respostas, atravessar um emudecimento aterrorizante, (e) as trevas sem fim do discurso assassino".

Talvez Mahalia, como Paul Celan, já tenha vivido toda a nossa vida por nós. Talvez seja essa a definição de gênio. Hegel diz: "Cada homem espera e acredita ser melhor do que o mundo que é seu, mas o homem que é melhor apenas expressa esse mesmo mundo melhor do que os outros". Mahalia Jackson canta como se fosse a última coisa que pretende fazer. E mesmo que a letra da música diga *Let there be peace on Earth and let it begin with me* [Que haja paz na Terra e que comece comigo], eu ouço *Let it begin in me* [Que comece em mim].

No meu sonho peço desculpas a todos que encontro. Em vez de me apresentar, peço desculpas por não saber por que estou viva. Perdão. Perdão. Peço desculpas. Na vida real, por mais estranho que pareça, quando estou totalmente acordada e na ativa por aí, se eu chamar a atenção de alguém, rapidamente desvio o olhar. Talvez isso também seja uma forma de pedir desculpas. Talvez essa seja a forma que os pedidos de desculpas assumem na vida real. Na vida real, o desvio do olhar é o pedido de desculpas, apesar de que quase sempre me sinto culpada quando desvio o olhar; não me sinto como se tivesse pedido desculpas. Em vez disso, sinto como se tivesse criado um motivo para me desculpar, sinto a culpa de ter ignorado essa coisa — o encontro. Eu poderia ter acenado com a cabeça, poderia ter sorrido sem mostrar meus dentes. Minimamente, eu poderia ter dito, sem palavras: eu vejo você me vendo e peço desculpas por não saber por que estou viva. Perdão. Perdão. Peço desculpas. Mais tarde, depois de ter desviado o olhar, nunca me sinto como se pudesse dizer: Olha, olha para mim de novo para que eu possa ver você, para que eu possa confirmar que vi você, para que eu possa ver você e me desculpar.

Uma amiga me conta esta história: Ela vai a um banho público em Los Angeles e vê uma senhora com um número de identificação no braço. A marca começa com a letra A.

> Eu vi o número do campo de concentração e que começava com a letra A. Meu primo tem um igual. Então, eu disse: "Meu primo esteve no mesmo campo de concentração que você. Auschwitz".
>
> Eu estive em Auschwitz, mas como você sabe?
>
> Por causa do A.

Acontece que a conexão do A com Auschwitz é pura coincidência. O A no número de identificação indica a palavra em alemão para trabalhador — *arbeiter*.

> Você acha que o A indica o lugar, mas ele indica a função.

O que minha amiga queria me comunicar em relação a essa conversa era que "Frieda Berger e eu desafiamos a história para possuí-la. Ela deveria estar morta, e eu deveria não ter nascido nunca. E nós duas sobrevivemos e nos encontramos em LA, e ela pôde me contar esse detalhe sobre a letra A. Um detalhe que me permite passar a ser fiel à vida dela precisamente como é vivida".

Quando me lembro dessa história meio ano depois, é por causa do detalhe corrigido. O fato de Ariel Sharon querer exilar Yasser Arafat da Palestina imediatamente resgata essa equação errônea da minha memória.

Você acha que o A indica o lugar, mas ele indica a função.

O desejo de Sharon de exilar Arafat me permite sentir ternura por Sharon. Penso nele acordando no meio da noite, depois de ter dormido o suficiente para se sentir quase acordado. Penso nele despertando para esse pensamento, um pensamento que esvazia o conflito israelo-palestino de todas as suas complexidades. Simplesmente separar Arafat de seu povo. Eu o vejo esquecer que Arafat já está exilado, que ele mesmo, aos olhos de alguns, também está em estado de exílio. A solução de Sharon é tão simples que me dá vontade de tocar o seu rosto.

Arafat exilado. Não é um desejo razoável. Em algum momento Colin Powell dirá isso a Sharon. Arafat é o líder legítimo e reconhecido dos palestinos. Ele também não é todos os palestinos que acreditam em seu direito de retorno. Ele não é cada pessoa que ainda carrega consigo as chaves de sua antiga casa. Arafat não é o líder do Hamas. Mas em algum momento, para Sharon, a segurança de Israel passa a repousar dentro de um corpo e sua localização. Em algum momento, Sharon sente o desespero do deslocamento como devastação, impotência. Ele consegue resolver e, em algum momento, a localização de Arafat como estrangeiro, como exilado, será a maior contribuição de Sharon para o mapa da paz no Oriente Médio, maior do que qualquer função que ele desempenhe agora.

No domingo em que faço quarenta anos, o entregador bate na porta da frente enquanto pego o telefone para ligar para os meus pais e agradecer pelos lírios. "Uma linda flor. Carreguei os lírios no meu dia (de nascimento) e agora os coloco neste vaso em memória de algo que morreu", Katharine Hepburn em *No teatro da vida*. A empregada dos meus pais atende o telefone.

    Posso falar com a minha mãe?

    Eles ainda estão no enterro.

    Enterro de quem?

    Todo mundo que você conhece está vivo?

Me ocorre que quarenta pode ser metade da minha vida ou pode ser toda a minha vida. Na televisão me dizem que não quero parecer ter quarenta anos. Quarenta quer dizer que posso já ter visto algo difícil, algo desagradável ou algo morto. Posso ter visto e vivido além disso no tempo. Ou posso ter forçado a vista vezes demais para enxergar, posso ter virado o rosto na direção do sol para desviar o olhar. Eu posso, talvez, ter de fato estado viva. Com injeções de Botox, que é a abreviação de toxina botulínica, parece que posso ver ou ser vista sem ser vista; posso envelhecer sem envelhecer. Tenho a opção de me preocupar sem parecer que me preocupo. Cada dia desta vida eu poderia morder ou espantar a dúvida como se fosse para ferir ou matar sem parecer que algo importava para mim. Eu poderia paralisar os músculos faciais que causam rugas. Todas aquelas linhas de preocupação e o cenho franzido desapareceriam. Eu poderia comprar a paralisia. Poderia escolher isso. Por fim, a paralisia se estabeleceria, tornando-se uma personalidade cada vez mais profunda que não precisaria, como os "fatores de distorção" da Enron, distorcer a minha aparência. Eu poderia ser tudo o que parece, ou melhor, poderia ser tudo o que sou — ficcional. Em última análise, eu poderia encarar a realidade sem ser perturbada por minha própria mortalidade.

Passando pela segurança do aeroporto, a caminho de visitar minha avó, me pedem que eu beba da minha garrafa d'água.

Esta garrafa d'água?

Isso mesmo. Abra e beba o que tem dentro dela.

Passando pela segurança do aeroporto, a caminho de visitar minha avó, me pedem para tirar os sapatos.

Tirar os sapatos?

Sim. Os dois, por favor.

Passando pela segurança do aeroporto, a caminho de visitar minha avó, me perguntam se estou com febre.

Febre? Sério?

Sim. Sério.

Minha avó está em um asilo. Não é ruim. Não tem cheiro de xixi. Não tem cheiro de nada. Quando vou vê-la, enquanto ando pelo corredor e passo pela sala de estar e pelo setor de enfermagem, um velhinho atrás do outro, ou uma velhinha atrás da outra, me estende a mão. Steven, diz um. Ann, outra grita. É como estar em um país de terceiro mundo, mas, em vez de comida ou dinheiro, você é o que eles querem, sua companhia. Nos países de terceiro mundo, me senti esmagadoramente norte-americana, rica em cálcio, privilegiada e branca. Aqui, me sinto jovem, sortuda e triste. Triste é uma daquelas palavras que deu a vida pelo nosso país, foi um mártir do sonho americano, foi neutralizada, cooptada por nossa cultura para indicar um tom de desconforto que dura o tempo que se leva para isso e depois para aquilo acontecer, o tempo que se leva para mudar de canal. Mas a tristeza é real porque já significou algo real. Significava digno, grave; significava confiável; significava ruim demais, deplorável, vergonhoso; significava maciço, pesado, formando um corpo compacto; significava cair bruscamente; e significava uma cor: escura. Significava a cor escura, escurecer. Significava eu. Me senti triste.

Minha avó me conta que já que o médico a mandou ficar longe dos cigarros, ela agora fuma os mais compridos que consegue encontrar. Na verdade, ela continua fumando um maço de Marlboro por dia. Digo que a Philip Morris está mudando de nome para Altria. Por trás de uma cortina de fumaça, minha avó diz: Devemos todos mudar de nome quando não gostamos do que vemos no espelho. É um jeito fácil de distanciar o eu do eu, digo, pelo bem da conversa. Ela e eu nos sentamos ao sol do inverno, fumando cigarros, mascando chiclete e vendo os carros passarem. Fica ali sentada, mascando Juicy Fruit até o gosto se dissipar, me faz pensar na fala final daquele filme, *Segredos e mentiras*: "Isso é que é vida".

Não costumo falar com estranhos, mas são quatro horas e não consigo pegar um táxi. Preciso de um táxi porque tenho pacotes, mas são quatro horas e todos os táxis estão fora de serviço. É a mudança de turno. No ponto de ônibus eu digo: é difícil conseguir um táxi agora. A mulher ao meu lado olha de soslaio sem virar a cabeça. Ela está de frente para a rua onde passa um táxi atrás do outro com a luz apagada. Ela diz, como se dissesse para qualquer um: É duro viver hoje em dia. Não respondo. A resposta dela foi do estilo Operação Liberdade do Iraque. A guerra está posta e o Departamento de Segurança Interna decidiu que o nível de ameaça nacional aumentou, um alerta laranja. Eu poderia dizer alguma coisa, mas meus pacotes estão pesando mais a cada minuto e, além disso, o que pode ser dito, já que a retórica não é sobre o nosso petróleo sob a areia deles, mas sobre libertar os iraquianos dos iraquianos e Osama é Saddam e Saddam é "aquele homem que tentou matar meu pai" e as armas de destruição em massa são, bem, invisíveis, e o Afeganistão é o Iraque e o Iraque é a Síria e nós nos enxergamos apenas através de nossos próprios olhos e dos britânicos, mas não dos franceses, e nem a Alemanha nem a Turquia vão se juntar a nós, mas a coalizão é em Bagdá, onde o futuro é a ameaça da qual os americanos sentem que podem escapar, embora não haja como escapar dos americanos porque a guerra, esta guerra, é sobre a paz: "A guerra no Iraque, na verdade, tem a ver com paz. Com tentar tornar o mundo mais pacífico. Esta vitória no Iraque, quando acontecer, tornará o mundo mais pacífico".

No elevador discute-se a fita amarela amarrada ao vaso de planta na frente do prédio. Nick, o zelador, amarrou uma fita amarela, mas não fez o lance da bandeira. Essa distinção não agradou a ninguém. O advogado do 5B diz que o zelador deve tomar cuidado para não perder o emprego. Minha sobrancelha esquerda se ergue, mas o advogado não percebe, não vê, não assimila isso em termos legais.

"Certas ausências são tão marcadas, tão ornadas e planejadas, que chamam nossa atenção, nos prendem pela intencionalidade e pelo propósito... Onde encontramos... a sombra da presença da qual os textos fugiram?"

Toni Morrison

ASSOCIAÇÃO DOS FABRICANTES FARMACÊUTICOS DA ÁFRICA DO SUL

ALCON LABORATÓRIOS (ÁFRICA DO SUL) (EMPRESA PRIVADA)

BAYER (EMPRESA PRIVADA)

BRISTOL-MYERS SQUIBB (EMPRESA PRIVADA)

BYK MADAUS (EMPRESA PRIVADA)

ELI LILLY (ÁFRICA DO SUL) (EMPRESA PRIVADA)

GLAXO WELLCOME (ÁFRICA DO SUL) (EMPRESA PRIVADA)

HOECHST MARION ROUSSEL LIMITADA

INGELHEIM EMPRESA FARMACÊUTICA (EMPRESA PRIVADA)

JANSSEN-CILAG EMPRESA FARMACÊUTICA (EMPRESA PRIVADA)

KNOLL PRODUTOS FARMACÊUTICOS ÁFRICA DO SUL (EMPRESA PRIVADA)

LUNDBECK ÁFRICA DO SUL (EMPRESA PRIVADA)

MERCK (EMPRESA PRIVADA)

MSD (EMPRESA PRIVADA)

NOVARTIS ÁFRICA DO SUL (EMPRESA PRIVADA)

NOVO NORDISK
(EMPRESA PRIVADA)

PHARMACIA & UPJOHN
(EMPRESA PRIVADA)

RHÔNE-POULENC RORER ÁFRICA DO SUL
(EMPRESA PRIVADA)

ROCHE PRODUTOS
(EMPRESA PRIVADA)

SCHERING
(EMPRESA PRIVADA)

SCHERING-PLOUGH (EMPRESA PRIVADA)

S.A. SCIENTIFIC PRODUTOS FARMACÊUTICOS
(EMPRESA PRIVADA)

SMITHKLINE BEECHAM PRODUTOS FARMACÊUTICOS
(EMPRESA PRIVADA)

UNIVERSAL PRODUTOS FARMACÊUTICOS
(EMPRESA PRIVADA)

WYETH (EMPRESA PRIVADA)

XIXIA PRODUTOS FARMACÊUTICOS
(EMPRESA PRIVADA)

ZENECA ÁFRICA DO SUL
(EMPRESA PRIVADA)

BAYER AG

BOEHRINGER-INGELHEIM
INTERNATIONAL GmbH

BOEHTINGER-INGELHEIM KG

BRISTOL-MYERS SQUIBB
COMPANHIA FARMACÊUTICA

BYK GULDEN LOMBERG
CHEMISCHE FABRIK GmbH

ELI LILLY & COMPANHIA

Ou, no café da manhã quase não dá para ver o *New York Times* sob as caixas de cereal, suco e leite, mas como eu estava esperando por este dia sem me dar conta de que esperava, dou uma olhada rápida e logo vejo a matéria: o presidente Mbeki decidiu que antirretrovirais serão disponibilizados para os 5 milhões de sul-africanos infectados pelo vírus HIV.

Meu corpo relaxa. Meus ombros cedem. Eu não sabia que a agonia que senti pela posição anterior de Mbeki contra a distribuição dos medicamentos havia se alojado fisicamente, como um vírus, dentro de mim.

Antes de Mbeki, 39 empresas farmacêuticas entraram com um processo na justiça para impedir a fabricação de medicamentos genéricos contra a aids na África do Sul. Ameaçaram criar possíveis sanções comerciais. Em seguida, o presidente Clinton reverteu a situação e o processo foi arquivado. Mas, como num sonho absurdo, Mbeki se interpôs, ficando entre os medicamentos agora disponíveis e a morte.

Não é possível expressar o quanto me senti extremamente inútil, como um saco vazio de inutilidade. "Valho mais que tu agora. Sou um bobo e tu, o zero do nada." Ela morreu? Ele morreu? Sim, eles morreram. Observa-se, reconhece-se sem ser reconhecido. Abre-se o jornal. Liga-se a televisão. Nada muda. Minha agonia se transforma em nada. Tu não vales nada.

Tal agonia se instalou junto aos músculos e ossos. Sua entrada inevitável aos poucos converteu minha dor já existente numa esperança drasticamente exausta. A conversão ocorreu sem consciência, talvez tenha ocorrido simplesmente porque estou viva. A conversão ocorre como uma forma de vida. Então a vida, que parece tão cheia de esperas, desperta subitamente para uma vida de esperança.

A vida é uma forma de esperança?

Se você for esperançoso.

Talvez a esperança seja o mesmo que a respiração —
parte do sentido de ser
humano e estar vivo.

Ou talvez ter esperança seja o mesmo que esperar.
Pode ser inútil.

Esperar pelo quê?

Por uma vida a começar.

Eu estou aqui.

E eu ainda estou só.

Então toda a vida é uma forma de espera, mas é a espera da solidão. Esperamos para reconhecer o outro, para ver o outro como vemos a nós mesmos. Levinas escreve: "O sujeito que fala está situado em relação ao outro. Esse privilégio do outro deixa de ser incompreensível uma vez que admitimos que o primeiro fato da existência não é nem ser em si nem ser para si, mas ser para o outro, em outras palavras, que a existência humana é uma criatura. Ao dizer algumas palavras, o sujeito que se apresenta se abre e, em certo sentido, reza".

Quando ela vem em minha direção, enrijeço. Mas tudo bem. Não é nada. O panfleto, com letras em negrito, diz: SEJA COMO JESUS. Como fui educada assim, espero duas quadras antes de descartá-lo. Seja seu próprio Cristo. Vou lembrar disso ou me lembro disso. Como se fosse uma lembrança da alma, digo a Neo em voz alta, seja como Jesus. Estou voltando para casa depois de ver *Matrix Reloaded*. O super-herói do filme, Neo, não pode salvar ninguém; Morpheus terá que ter outro sonho: aquele em que as narrativas de salvação são antiquadas; aquele em que as pessoas vivem, não importa o que você sonhe; aquele em que as pessoas morrem, não importa o que você sonhe; ou, não importa o quê, você sonha...

Porque as bases para a solidão começam nas paisagens oníricas que criamos. A semelhança que elas guardam com a realidade reflete primeiro a decepção.

Então meu pai morre e eu não posso ir ao enterro. Não é possível. Telefono para minha mãe. Todos os dias nos falamos. Recomendo a cremação. Defendo a recomendação. Envio flores. O que desejo enviar é uma enlutada substituta. Parece estranho que eu não possa nem alugar nem comprar isso; não há nenhum serviço de luto disponível. Comento isso com uma amiga. Ela diz que no enterro do pai dela, na China, eles contrataram muitas enlutadas — quanto mais enlutadas, melhor. Muitas, muitas enlutadas representam muitos, muitos dólares, ela explica.

À noite, sonho com minha enlutada substituta, uma mulher. Ela perdeu a mãe anos antes e, como já está de luto, continua frequentando enterros mediante pagamento. Como ocorre com as amas de leite, o pré-requisito é um estado de "dor prévia". Ainda assim, todo o controle narrativo do mundo não me permite discernir sua ocupação. Podem-se conceber as motivações e as lágrimas dela, mas não há como entender por que ela fica ao lado do cadáver — "com ele" é a expressão que ninguém pronuncia, especialmente tendo ele "partido". Ou pode-se olhar o rosto da carpideira e desejar que a vida tenha mais importância. No sonho, falamos sobre o caráter solitário da atividade que ela escolheu. Não, ela diz, você, você é quem tem uma atividade solitária. A morte persegue você em seus sonhos. A solidão na morte vem depois da solidão da vida.

Ela está morrendo? De algum lugar minha irmã, um vulto, ouve isso. Ela morreu? Ela acorda e vê que está molhada; a camisola molhada, o rosto molhado. Suores noturnos. De dia ela entende. Os comprimidos dizem que este é um possível efeito colateral. Eles dizem que, para impedir que a sensação de dor seja enviada ao cérebro, outras coisas podem acontecer. Hiperidrose ou suores noturnos acontecem. Ela me liga. Sem alô.

Suores noturnos.

Ah, o Zoloft?

Às 2h47, ela acorda debaixo do lençol molhado e decide tomar um banho frio. A caminho do banheiro, liga a televisão.

"Senhoras e senhores, nós o capturamos." Saddam Hussein foi descoberto em um buraco no chão. Alguém com luvas de látex insere um abaixador de língua na boca de Hussein. O interior de sua boca está muito vermelho. Ela para porque isso devia ser importante. Deve significar alguma coisa que tem a ver com paz. O locutor, falando muito rápido, tem esperança de que este seja o fim das mortes no Iraque. Ele diz algo mais sobre o abaixador de língua, mas o chuveiro abafa o som.

Ela fecha os olhos contra a forte queda d'água. Será que a frieza natural da terra evitaria suores noturnos? — ela se pergunta. Será que um buraco seria considerado uma cura homeopática para quem se sente como um cadáver?

Eu teria que beber mais cinco xícaras de café por dia para reduzir o risco de ter diabetes tipo 2. Em geral tomo uma xícara pela manhã. Hoje estou fitando uma possível segunda xícara, e não vejo a expressão do meu marido quando lhe conto sobre a escuridão e a cortina.

Eu tenho um sonho, ou melhor, no meu sonho as luzes da cidade de Nova York estão apagadas. Estão apagadas porque estavam apagadas. Mesmo dentro do sonho eu sei que estou sonhando. Os acontecimentos do meu sonho são uma forma de mimese. A escuridão que acompanhou o apagão existiu, mas não existe agora no mundo fora do sonho. No meu sonho as luzes estão apagadas porque não consigo enxergar nada diante de mim. Ou neste sonho sombrio estou buscando uma oportunidade, "a oportunidade de" ou "a oportunidade para" — não está claro. Depois, para onde eu vou ou o que eu quero aparece atrás de uma cortina preta, mas está tão escuro que a cortina se torna a noite. Quero adormecer dentro do meu sonho. Este desejo de mais paralisia me desperta.

Você acha que votar não vai fazer diferença, diz meu marido. Isso pode ser uma coisa sábia de se pensar. Ele diz tudo isso sem tirar os olhos do jornal da manhã.

Meu sonho é sobre uma cabine de votação? Não estou convencida. Ele não tem interesse em me convencer. Está lendo sobre os candidatos à presidência. Está se perguntando se votar contra alguém é motivação suficiente para arrancar os eleitores das notícias sobre a eleição na TV e arrastá-los a uma cabine de votação de verdade. Às vezes você lê uma coisa e um pensamento que estava flutuando em suas veias se organiza na frase que o reflete. Isso também pode ser um modo de sonhar.

Ou eu lembro que as duas últimas frases que li em *Tis of Thee*, de Fanny Howe, antes de adormecer na noite anterior, foram: "Aprendi a renunciar gradualmente a uma sensação de independência e ao final me senti derrotada pelos tempos em que vivia. Obediente a eles".

Ou, bem, tentei encaixar a linguagem no molde da utilidade. O mundo se move por meio das palavras como se os corpos que as palavras refletem não existissem. O mundo, como um fígado gigante, recebe tudo e todos, incluindo estas palavras: ele morreu? Ela morreu? As palavras permanecem como uma inscrição na superfície da minha solidão. Essa solidão deriva de um sentimento de inutilidade. Aí, Costello, de Coetzee, diz em sua conferência fictícia: "Durante alguns minutos, às vezes, sei como é ser um cadáver".

Ou Paul Celan disse que o poema não era diferente de um aperto de mão. "Não vejo nenhuma diferença de princípio entre um aperto de mão e um poema" — é como Rosemary Waldrop traduziu do alemão.* O aperto de mão é nosso inquestionável ritual tanto de afirmar (estou aqui) como de entregar (aqui está) um eu a outro. Portanto, o poema é isto — Aqui está. Estou aqui. Essa confluência da solidez da presença com a oferta dessa mesma presença talvez tenha tudo a ver com estar vivo.

---

* No original: *"I cannot see any basic difference between a handshake and a poem"*.

Ou um significado de aqui é: "Neste mundo, nesta vida, na terra. Neste lugar ou posição, indicando a presença de" ou, em outras palavras, eu estou aqui. Também significa entregar algo a alguém — aqui está. Aqui está, ele disse a ela. Aqui tanto reconhece como exige reconhecimento. Eu te vejo, ou aqui está, ele disse a ela. Para que algo seja entregue, uma mão deve se estender e uma mão deve receber. Você e eu devemos estar aqui neste mundo nesta vida neste lugar indicando a presença de.

Notas

p. 19
Pesquisadores da Universidade Estadual do Arizona realizaram um estudo sobre a violência nos cinco filmes de maior bilheteria de 1964, 1974, 1984 e 1994, para determinar as tendências da violência nas telas ao longo do tempo. De fato, o número de mortes aumentou de uma média de oito para quinze por filme. Notavelmente, as 41 mortes encontradas nos filmes de 1964 não eram explícitas, enquanto 62% das mortes nos filmes de 1994 eram mostradas explicitamente. Ver Wes Shipley; Gray Cavender, "Murder and Mayhem at the Movies", *Journal of Criminal Justice and Popular Culture*, v. 9, n. 1, pp. 1-14, 2001.

p. 21
1-800-SUICIDE é o telefone da National Hopeline Network [Rede Nacional de Linha de Esperança, nos Estados Unidos]. Trata-se de uma organização que reúne linhas diretas para a prevenção de suicídios e crises por todas as regiões dos Estados Unidos. O objetivo da rede é fornecer um número de telefone gratuito e de fácil memorização para pessoas que pensam em suicídio. Todos os integrantes do grupo são certificados pela American Association of Suicidology [Associação Americana de Suicidologia].

Ver Lyn Hejinian, *Happily*. Sausalito: The Post-Apollo Press, 2000.

happily [felizmente] (não confundir com *haply* — *adv.* [arcaico], que significa por acaso ou sorte; talvez) — forma adverbial de HAPPY.

happiness [felicidade] — forma nominal de HAPPY.

happy [feliz] — *adj.* 1. favorecido pelas circunstâncias; sortudo; afortunado 2. ter, mostrar ou causar um sentimento de grande prazer, contentamento, alegria etc.; alegre; contente; satisfeito 3. perfeitamente apropriado para a ocasião; adequado e inteligente; apto (uma *feliz* sugestão) 4. em inglês: intoxicado, ou agindo de forma irresponsavelmente rápida, como se estivesse intoxicado; às vezes usado

em palavras compostas com hífen: consulte SLAP-HAPPY [descuidado], TRIGGER-HAPPY [irresponsavelmente rápido no gatilho].
"happy", em *Webster's New World College Dictionary*. 4. ed. Foster City: IDG Books Worldwide, 2000, p. 647.
"happiness", em *Webster's New World College Dictionary*. 4. ed. Foster City: IDG Books Worldwide, 2000, p. 646.

p. 22
Se o câncer de mama não é detectado em uma mamografia anual, em geral a expectativa de vida da mulher não muda, o que lhe dá poucas possibilidades de recorrer à lei. No entanto, os tratamentos necessários nesse caso são consideravelmente mais intensos, causando notáveis dificuldades físicas, emocionais e financeiras.

p. 23
Aos 85 anos, a enfermeira aposentada Frances Pollack, de Hampshire, Inglaterra, pagou 25 libras por uma tatuagem dizendo *"Do Not Resuscitate"* (Ordem de não reanimar), que foi impressa em seu peito. Ela disse ter feito isso em resposta à frequência com que pedidos de DNR não são atendidos ou não são expressos de maneira adequada àqueles que estão fazendo a ressuscitação. "Não quero morrer duas vezes", explicou Pollack. Ver "Pensioner's 'Do Not Resuscitate' Tattoo", *BBC News World Edition*, 5 mar. 2003. Disponível em: <news.bbc.co.uk/2/hi/health/2819149.stm>. Acesso em: 7 out. 2024.

p. 24
Tanto *Boogie Nights* (1997) quanto *Magnólia* (1999) foram escritos e dirigidos por Paul Thomas "P. T." Anderson. Seus dois primeiros grandes filmes receberam críticas cada vez mais elogiosas, mas ambos foram fracassos de bilheteria. *Magnólia*, especificamente, foi uma decepção comercial. Em resposta, Anderson, aos trinta anos, tomou a improvável decisão de assinar um contrato como roteirista do *Saturday Night Live* em 2000, para aprimorar-se na escrita de comédia.

Ernie, pai de P. T. Anderson, era locutor e narrador, e criou seu filho em Studio City, Los Angeles. Studio City fica no Vale de São Fernando, próspero centro da indústria pornográfica na década de 1970.

Tom Cruise foi indicado ao Oscar de Melhor Ator Coadjuvante e ganhou o Globo de Ouro na mesma categoria por seu papel como Frank "T. J." Mackey, em *Magnólia*.

Jason Robards, que interpretou Earl Partridge, o pai do personagem de Tom Cruise, morreu de câncer no ano seguinte à estreia de *Magnólia*.

p. 25
Gertrude Stein, *Wars I Have Seen*. Nova York: Random House, 1945, pp. 23-4.
Janet Malcolm, "Gertrude Stein's War", *The New Yorker*, 2 jun. 2003.

p. 29
No estado de Nova York, um "jovem infrator" é uma criança que foi julgada no sistema de justiça para adultos, em oposição a um "jovem delinquente", que passou pelo sistema judiciário juvenil.

p. 31
A demência em pessoas com menos de 65 anos (Alzheimer precoce) não é comum. Há cerca de 150 casos relatados para cada meio milhão de pessoas. Ver Royal College of Psychiatrists, "Services for Younger People with Alzheimer's and Other Dementias — Council Report CR77". Londres, pp. 5-6, jan. 2002.

A HRC ManorCare foi a segunda maior proprietária e operadora de clínicas de reabilitação e assistência médica de longa permanência nos Estados Unidos. Operava mais de quinhentas clínicas em todo o país, incluindo Heartland, ManorCare, Arden Courts e Springhouse. A HCR ManorCare entrou com pedido de falência em março de 2018; um relatório do *Washington Post* apontou que, nos cinco anos anteriores à falência, a empresa "expôs seus cerca de 25 mil pacientes a crescentes riscos à saúde, de acordo com registros da fiscalização". Em julho de 2018, a HCR ManorCare foi adquirida pela ProMedica, organização de saúde sem fins lucrativos. Em 2020, a ProMedica anunciou que acabaria com o nome ManorCare, em favor da nova marca, ProMedica Senior Care.

Spanko, "ProMedica to Phase Out HCR ManorCare Name, Rebrand Nursing Home Giant as ProMedica Senior Care", *Skilled Nursing News*, 2 out. 2020; Peter Whoriskey; Dan Keating, "Overdoses, Bedsores, Broken Bones: What Happened when a Private-Equity firm Sought to Care for Society's Most Vulnerable", *The Washington Post*, 25 nov. 2018.

Joseph Brodsky, ganhador do prêmio Nobel de literatura em 1987, e Poeta Laureado dos Estados Unidos durante a presidência de George H. W. Bush, nasceu na União Soviética e exilou-se de seu país aos 32 anos. Morou no Brooklyn (Nova York) e em Massachusetts. Foi em seu apartamento do Brooklyn que ele morreu de ataque cardíaco em 1996. Ver Joseph Brodsky, "Song", em *Collected Poems in English*. Nova York: Farrar, Straus & Giroux, 2000, pp. 347-8.

p. 32
Angela Lansbury estrelou como Jessica Fletcher em doze temporadas (1984-1996) da série de suspense dramático *Assassinato por escrito*, com episódios de uma hora

de duração. Nos anos 1990, ela também foi a produtora do programa. Na série, Fletcher é uma escritora famosa de mistérios policiais e ex-professora substituta da cidade fictícia de Cabot Cove. Viajando pelo país para divulgar seus livros, ela sucessivamente se torna uma investigadora de assassinatos ad hoc, devido à estranha coincidência de que a morte a persegue aonde quer que ela vá. Lansbury chegou à televisão após quarenta anos de carreira de sucesso no cinema.

p. 35
Cornel West destaca esse argumento em seu ensaio "Black Strivings in a Twilight Civilization", que está na coletânea de ensaios assinada por ele de Henry Louis Gates Jr., *The Future of the Race* (Nova York: Vintage, 1997).

optimism [otimismo] — *sm*. 1. *Fil*. A doutrina defendida por Leibniz e outros segundo a qual o mundo que existe é o melhor possível. 2. tendência a ter a visão mais *esperançosa* ou alegre dos assuntos ou a esperar o melhor resultado.
    Ver "optimism", em *Webster's New World College Dictionary*. 4. ed. Foster City: IDG Books Worldwide, 2000, p. 1013.

Em 12 de dezembro de 2000, o vice-presidente Al Gore reconheceu a eleição presidencial de George W. Bush, encerrando a disputa eleitoral iniciada em 7 de novembro daquele ano. Gore disse que queria "apaziguar as discórdias" geradas pela contestação dos resultados.

Em 7 de junho de 1998, três homens — John King, Lawrence Brewer e Shawn Berry — ofereceram uma carona a James Byrd Jr. na caminhonete de Berry. Byrd estava andando por uma estrada em Jasper, uma cidade rural no leste do Texas. Ele estava voltando para casa do chá de panela de sua sobrinha. Em vez de deixá-lo em casa, os homens o levaram para uma clareira na floresta, onde o espancaram e o acorrentaram à traseira da caminhonete. Em seguida, partiram em alta velocidade por uma estrada a leste da cidade. O torso despedaçado de Byrd foi encontrado primeiro, e depois a cabeça, o pescoço e o braço direito foram encontrados a quase dois quilômetros de distância. A polícia disse que rastros de sangue, partes do corpo e objetos pessoais se espalharam ao longo de três quilômetros. Os três assassinos foram considerados culpados por homicídio qualificado; Brewer e King foram executados em 2011 e 2019, respectivamente, enquanto Berry foi condenado à prisão perpétua com possibilidade de liberdade condicional a partir de 2038. Em 2001, os legisladores do Texas aprovaram o James Byrd Jr. Hate Crimes Act [lei contra crimes de ódio]; em 2009, o presidente Obama sancionou o Matthew Shepard e James Byrd Jr. Hate Crimes Prevention Act [lei de prevenção de crimes de ódio]. No 25º aniversário de morte de Byrd, em 2023, a cidade de Jasper, no Texas, aprovou uma resolução proclamando o dia 7 de junho como "Dia de James Byrd Jr.".

p. 37
"Hope Is the Thing with Feathers", de Emily Dickinson (que tradicionalmente intitulava seus poemas de acordo com seus primeiros versos), é o poema XXXII da seção "Life" de *The Complete Poems of Emily Dickinson*, publicada pela primeira vez pela editora Little, Brown and Company, em 1924. A versão citada abaixo é do livro *The Poems of Emily Dickinson*, editado por R. W. Franklin e publicado pela Belknap Press, da Harvard University Press, em 1998.

"Esperança" é a coisa com plumas —
Que na alma se aninha —
Seu canto não tem palavras —
Sempre a mesma — ladainha —

Soa bem — na ventania —
E só a forte tormenta —
Há de calar a Passarinha
Que a tantos acalenta —

Ouvi-a na terra fria —
E no estranho Mar sem fim —
Mas — nem em situações extremas
Pediu migalhas — pra Mim.*

Cornel West discute essa questão em seu ensaio "Nihilism in Black America", que está no seu livro *Race Matters* (Nova York: Vintage, 1994). [Ed. bras.: "Niilismo na América negra", em *Questão de raça*. 2. ed. Trad. de Laura Teixeira Motta. São Paulo: Companhia das Letras, 2021, p. 43.]

p. 38
A HBO teve uma série de comédia chamada *Not Necessarily the News*, entre 1983 e 1985 (o programa ressurgiu por uma breve e malsucedida temporada em 1990). *NNTN* era uma paródia de noticiário televisivo e mirava sobretudo os temas políticos. O programa é mais lembrado pelo quadro "Sniglets", de Rich Hall, no qual ele propunha palavras que não estão no dicionário de inglês, mas deveriam estar, como "*Fictate* (fik' tayt): *v*. Informar um personagem de televisão ou cinema do perigo iminente, como se eles pudessem ouvir", ou "*Noflet* (nahf' lit): *s*. O redemoinho do cabelo que se volta para cima e pode ser encontrado em certos indivíduos, como Ronald Reagan".

---

* *Poesia completa — Emily Dickinson*. Trad. de Adalberto Müller. Brasília: Editora UnB, 2020, v. I, p. 216. [N.T.]

No final de 2004, o elenco e a equipe de produção de *Família Soprano* começaram a filmar a sexta e última temporada da série, aclamada pela crítica e pelo público. Depois que esses dez episódios foram exibidos, os espectadores ficaram sem novos episódios da série, pela primeira vez desde 1998. Em 2005, após todos os 86 episódios terem ido ao ar, a HBO e a A&E fecharam um acordo de distribuição pelo valor recorde de 200 milhões de dólares.

Entre 1960 e 1975, foram feitos mais de seiscentos filmes de faroeste, financiados por produtoras europeias. No final da década de 1950, o mercado americano não demandava mais filmes de faroeste como antes, e muitas produtoras europeias, principalmente as italianas, aproveitaram a oportunidade para dar continuidade ao gênero, que ainda era muito procurado naquele continente. *Três homens em conflito* (1966) é considerado o filme de faroeste espaguete por excelência.

De acordo com o Institute for Stress Management [Instituto de Gerenciamento de Estresse], nossa necessidade de sono diminui com a idade. Intuitivamente, sabemos que os bebês precisam de mais sono. Os recém-nascidos dormem cerca de dezessete horas por dia, enquanto nossa necessidade de sono se estabiliza, na puberdade, em cerca de sete a oito horas por noite. Esse ritmo se mantém por anos, mas a necessidade média de sono dos adultos volta a diminuir mais ou menos aos sessenta anos, para aproximadamente seis horas por noite.

p. 39
Na época em que foi lançado, em 1969, o público entendeu *Meu ódio será sua herança* a partir de suas implicações políticas contemporâneas. Todo aquele derramamento de sangue retratava uma violência trágica, não romântica, refletindo a realidade da Guerra do Vietnã. Essa ousadia fez com que a crítica se dividisse em relação ao filme, enaltecendo-o ou reprovando-o, sempre fervorosamente. Em retrospecto, é considerado praticamente pelo mundo todo como um dos mais importantes filmes de faroeste já realizados, tanto graças à sua nova abordagem do gênero quanto por sua relevância histórica, enquanto precursor direto de uma abundância de filmes do tipo faroeste espaguete de qualidade inferior.

A própria carreira de Sam Peckinpah quase acabou quando ele foi demitido do emprego de mensageiro do programa de televisão de Liberace, por se recusar a usar um terno. Mas isso permitiu que ele aceitasse um emprego como assistente de Don Siegel, no qual aprendeu a dirigir filmes e a fazer contatos que o levaram a dirigir seus próprios longas. Conhecido pela obstinação, pelo perfeccionismo e pelo alcoolismo (que acabou associado ao uso desenfreado de cocaína), toda a carreira de Peckinpah foi uma batalha para continuar sendo um colaborador da comunidade de Hollywood.

p. 43
Vários estudos do sono mostraram que a maioria das pessoas (crianças e adultos) que têm problemas para dormir também possuem televisão no quarto. Especialistas teorizam que, normalmente, a pessoa fica presa ao programa a que está assistindo e acordada até que ele termine.

Em 2002, as vendas do antidepressivo Paxil tiveram o apoio de uma intensa campanha publicitária na televisão, que ajudou a gerar 3,4 bilhões de dólares em vendas, apenas nos Estados Unidos.[a] A GlaxoSmithKline, companhia que fabrica o Paxil, teve que adaptar radicalmente seu plano de marketing para o medicamento em 19 de agosto daquele ano, quando um juiz federal decidiu que a empresa devia parar de exibir qualquer comercial de televisão que não deixasse claro que o Paxil pode causar dependência.[b]

[a] agência de notícias *Reuters*, 16 jun. 2003.
[b] *USA Today*, 20 ago. 2002.

Atribui-se a Júlio César a frase que é provavelmente o exemplo mais citado de parataxe. Depois de invadir a Grã-Bretanha, ele disse: "*Veni, vidi, vici*" — "Vim, vi, venci".

As imagens residuais são o resultado de uma retina dessensibilizada que foi exposta a luz intensa por um período prolongado. A retina é o revestimento no fundo do olho, e a luz produz mudanças químicas nela. Quando fechamos os olhos, a parte dessensibilizada da retina não consegue responder tão bem à mudança, criando uma imagem residual. Às vezes, as imagens residuais podem durar trinta segundos ou até mais.

p. 45
Para lidar com a insônia, cada vez mais os médicos prescrevem remédios destinados a outros fins, como os antidepressivos. Não há provas irrefutáveis de que os antidepressivos melhorem o sono, de acordo com o médico Vaughn McCall, professor associado de psiquiatria e medicina comportamental da escola de medicina da Wake Forest University, em Winston-Salem, Carolina do Norte. Ele também disse que o potencial de efeitos colaterais adversos dos antidepressivos não é mais baixo do que o dos verdadeiros sedativos-hipnóticos, que são medicamentos desenvolvidos com o propósito de estimular o sono.

"Pseudohypnotic Use Rises Despite Lack of Evidence on Efficacy", *Psychiatric News*, 7 jul. 2000.

p. 46
O uso desnecessário de medicamentos, incluindo o compartilhamento deles, é chamado de "polifarmácia". Os idosos são o grupo demográfico mais propenso à polifarmácia, e há estudos estimando que até 58% da população geriátrica participa da prática.

p. 49

Há grandes chances de que Czeslaw Milosz tenha passado algum tempo nos telhados dos edifícios de Nova York, no final da década de 1940, quando lá morava como diplomata do governo comunista polonês.

"Gift", de Czeslaw Milosz. "Dar", no polonês original, em *The Collected Poems*. Nova York: The Ecco, 1988, p. 251.

p. 50

De acordo com o núcleo de prevenção de lesões do Departamento de Saúde do Estado de Nova York, são notificados em média 175 suicídios por ano no distrito de Manhattan (616 na cidade como um todo). Além disso, uma média de 797 pessoas são hospitalizadas em Manhattan a cada ano por causa de lesões autoinfligidas (3552 nos cinco distritos). As estatísticas para as causas dessas lesões autoinfligidas em mulheres no estado de Nova York mostram que menos de 1% pode ter ocorrido devido a um salto de um prédio (fraturas, danos ao sistema nervoso central etc.), em oposição a causas muito mais populares como intoxicação medicamentosa (73,6%). De todas as lesões atribuídas a quedas no estado de Nova York, o lugar mais comum das ocorrências, de longe, é o lar, onde ocorrem quase 40% das quedas.

p. 53

O Museu das Emoções foi inaugurado no Dia de São Valentim do ano 2000, com financiamento da marca The Body Shop. O espaço exibe arte interativa. Fez parte de uma série de "Museus de", temporários, instalados em Londres, no bairro de South Bank. Foi precedido pelo Museu de Mim e sucedido pelo Museu do Desconhecido.

A princesa Diana morreu devido a um acidente de carro após uma perseguição em alta velocidade pelos paparazzi nas ruas de Paris. Ela foi dada como morta após ter uma parada cardíaca, às quatro horas da manhã de 31 de agosto de 1997.

Oficialmente, Diana Frances Spencer nasceu em 1º de julho de 1961. Seu pai era Lord Althrop, que mais tarde virou Earl Spencer. Popularmente, sua morte é mais questionada do que seu nascimento. Muitos afirmam que foi simulada como uma forma de agitar de forma mais permanente o interesse da mídia em seus assuntos privados. As evidências citadas incluem o fato de que seu guarda-costas sobreviveu incrivelmente ao acidente, e de que naquela mesma noite ela disse ao jornalista Richard Kray que planejava se aposentar em breve da vida pública.

p. 56

O filme *Fitzcarraldo*, de 1982, dirigido por Werner Herzog e estrelado por Klaus Kinski, conta a história de um empresário que espera construir um teatro de ópera nas mais profundas selvas da América do Sul.

No sistema irlandês de nomenclatura, o prefixo *Fitz* significa "filho bastardo de".

Werner Herzog é um dos principais diretores do Novo Cinema Alemão. É também um documentarista respeitado e inclusive tema de um documentário, *Werner Herzog Eats His Shoe* [Werner Herzog come seu sapato] (consequência de uma aposta em que ele afirmava que Errol Morris, então estudante de cinema, nunca terminaria um filme). Suas colaborações com Kinski, um ator notavelmente difícil, enquanto o próprio Herzog é um diretor notavelmente exigente, são infames e tematizadas em seu filme *My Best Fiend* [Meu melhor inimigo].

A Movie Place, uma videolocadora que ficava perto da West 105th Street e da Broadway, tinha um acervo de cerca de 24 mil títulos — enquanto a média nas franquias de locação de filmes é de 5 mil títulos. A Movie Place fechou em 2006.

p. 56
O lítio foi aprovado pelo FDA em 1970 como tratamento para o transtorno afetivo bipolar ("doença maníaco-depressiva"). Sua dosagem varia muito e, com frequência, precisa ser ajustada toda semana. A prescrição do lítio diminuiu entre 1996 e 2015 e, de acordo com um relatório publicado em 2020 no *Journal of Affective Disorders*, "permanece estável desde então".

> Yian Lin et al., "Trends in Prescriptions of Lithium and Other Medications for Patients with Bipolar Disorder in Office-Based Practices in the United States: 1996-2015", em *Journal of Affective Disorders*, v. 276, pp. 883-9, 2020. Disponível em: <doi:10.1016/j.jad.2020.07.063>.

O personagem Fitzcarraldo certamente foi inspirado no próprio diretor. Um dos destaques do filme é uma cena em que os nativos sul-americanos puxam um barco a vapor de mais de trezentas toneladas para o alto de uma montanha. Não foram usados efeitos especiais nessa cena; Herzog realmente fez sua tripulação puxar o barco a vapor para o alto da montanha. Ainda há rumores de que técnicos de cinema locais planejam uma vingança contra Herzog.

p. 61
Timothy McVeigh foi executado por injeção letal na segunda-feira, 11 de junho de 2001. Foi o primeiro prisioneiro federal condenado à morte em 38 anos. Em 15 de março de 1963, Victor Feguer foi enforcado na Penitenciária Estadual de Iowa, em Fort Madison, considerado culpado de sequestrar o dr. Edward Bartel e cruzar fronteiras estaduais com ele para matá-lo.

Em 19 de abril de 1995, quando McVeigh detonou um caminhão-bomba em frente ao edifício Federal Alfred P. Murrah, em Oklahoma City, cometeu o que é considerado o pior ato de terrorismo doméstico (local) na história dos Estados Unidos, com

168 mortes. Um novo edifício federal foi inaugurado em Oklahoma City em dezembro de 2003. A construção, com sua entrada principal de chapas de aço do chão ao teto, vidros blindados e tampas de concreto até a altura da cintura, custou 33 milhões de dólares.

A aparência de McVeigh, bem barbeado e com cabelo raspado, parece ser representativa de sua biografia prévia. Ele foi um soldado de infantaria condecorado (um artilheiro de tanques) na primeira Guerra do Golfo, tendo ganhado quatro medalhas de honra, incluindo a Medalha de Comenda do Exército. Em seguida tentou entrar para as Forças Especiais da elite do Exército, mas acabou desistindo, talvez já instigado por sua subsequente postura antigoverno dos Estados Unidos.

Derrida faz essa afirmação em seu tratado de 2001, *On Cosmopolitanism and Forgiveness* [Sobre cosmopolitismo e perdão] (parte da série *Thinking in Action*). É sua abordagem à questão da anistia, em que as tragédias horríveis e sangrentas da história devem ser perdoadas.

forgiveness [perdão] – *s*. 1. perdoar ou ser perdoado; perdão 2. inclinação para perdoar. "forgiveness", em *Webster's New World College Dictionary*. 4. ed. Foster City: IDG Books Worldwide, 2000, p. 555.

p. 62
Uma festa oferecida pelos Kennedy seria provavelmente realizada no Kennedy Compound, na cidadezinha litorânea de Hyannis, Massachusetts, em Cape Cod. A propriedade fica a apenas dois quilômetros do centro da cidadezinha. Milhares de turistas visitam seus portões todos os anos, mas apenas os convidados podem entrar.

A lista dos Kennedy que morreram tragicamente inclui os seguintes nomes (o ano e a causa da morte estão entre parênteses): Joseph P. Kennedy Jr. (1944, morreu em uma missão de bombardeio aéreo sobre a Europa na Segunda Guerra Mundial), Kathleen Agnes "Kick" Kennedy (1948, acidente aéreo), Patrick Bouvier Kennedy (1963, complicações no nascimento), John Fitzgerald Kennedy (1963, assassinado em Dallas, Texas), Robert F. Kennedy (1968, assassinado em Los Angeles, Califórnia), David Anthony Kennedy (1984, overdose de drogas), Michael LeMoyne Kennedy (1997, acidente de esqui), John F. Kennedy Jr. (1999, acidente aéreo), Carolyn Bessette Kennedy (1999, acidente aéreo) e Ted Kennedy (ex-senador de Massachusetts), que duas vezes escapou por pouco da morte — na queda de um avião em 1964 e em um acidente de carro em 1969, além de lutar contra o alcoolismo — antes de morrer em 2009, por causa de um tumor maligno no cérebro. Desde o lançamento da versão inicial deste livro, em 2004, especula-se que outras mortes estejam ligadas à "Maldição dos Kennedy". Entre elas as de Kara Kennedy (2011, ataque cardíaco), Mary Richardson Kennedy

(2012, suicídio), Saoirse Kennedy Hill (2019, overdose de drogas) e Maeve Kennedy McKean (2020, acidente de canoa).

Outros membros da família Kennedy que têm vida pública e podem estar nessa festa incluem: Kathleen Kennedy Townshend (vice-governadora de Maryland), Maria Shriver (personalidade televisiva e primeira-dama da Califórnia), Patrick Kennedy (deputado em Rhode Island), Joseph P. Kennedy II (deputado em Massachusetts), Robert F. Kennedy Jr. (advogado e ativista ambiental, que se tornou um candidato à presidência associado a teorias da conspiração), Kerry Kennedy (ativista pelos direitos humanos e ex-esposa de Andrew Cuomo) e Rory E. K. Kennedy (documentarista e ativista social).

p. 65
Não só o uso de medicamentos pode causar danos ao fígado, como um fígado danificado pode influir na eficácia do medicamento. A fluoxetina, em particular, se decompõe mais lentamente em pessoas que têm fígado cirrótico. A meia-vida normal da fluoxetina é de dois a três dias; em pacientes com danos no fígado essa meia-vida aumenta em média para 7,6 dias.

Em 30 de maio de 2001, uma comissão de três juízes do Tribunal de Apelação para o Circuito Federal em Washington, D.C. reafirmou sua decisão (com certas modificações) de que a patente de 2003 da empresa farmacêutica Eli Lilly and Company era inválida devido a uma dupla patente.[a] Em 18 de julho daquele ano, o tribunal indeferiu o novo recurso apresentado pela empresa, garantindo que as formas genéricas do medicamento continuariam sendo disponibilizadas.[b]

[a] "Appeals Court Modifies Its Ruling on 2003 Prozac Patent, Company to Seek Legal Review", *BusinessWire*, 30 maio 2001.
[b] "Appeals Court Denies Lilly Petition for Rehearing of Prozac Patent case; Company to Appeal to United States Supreme Court", *BusinessWire*, 18 jul. 2001.

Em setembro de 2001, a Eli Lilly and Company apresentou o PROZAC Weekly, lançado como "o primeiro e único medicamento do gênero, de uso semanal". O PROZAC Weekly é um produto destinado àqueles que têm dificuldade em lembrar-se de tomar medicamentos diários de forma constante. A Eli Lilly ainda detém a patente do PROZAC Weekly.

O www.prozac.com propõe possíveis abordagens para quem deseja discutir o PROZAC Weekly com seus médicos. Alguns exemplos que o site dá são:
   1. Tomar um comprimido todos os dias me lembra de que tenho depressão.
   2. Alguns dias estou abatido e me pergunto se isso acontece por causa dos comprimidos que esqueci de tomar.
   3. Considero minha agenda muito cheia.
   4. Viajo com frequência.

p. 66
A mãe da escritora Laurie Tarkan morreu de uma doença hepática quando Tarkan tinha onze anos.

Laurie Tarkan, "Many Drugs Harm the Liver, but Most Remain on the Market", *The New York Times*, 14 ago. 2001.

p. 67
César Vallejo, "Considering Coldly, Impartially", em *The Complete Posthumous Poetry*. Berkeley: The University of California Press, 1978, p. 73. [Ed bras.: "Considerando a frio, imparcialmente", em *Poemas humanos*. Trad. de Fabrício Corsaletti e Gustavo Pacheco. São Paulo: Editora 34, 2021, p. 55.]

O poeta peruano César Vallejo descendia de avós indígenas Chimu e de avôs padres católicos. Ele foi um ativista político ao longo da vida. Ficou particularmente tocado, quando jovem, ao observar a mão de obra exaustiva dos trabalhadores mal remunerados das plantações de cana-de-açúcar, onde ele trabalhava no departamento de contabilidade. Tornou-se um antifascista convicto quando, mais tarde, morou em Madri.

p. 68
As alergias são uma reação exagerada do corpo humano a substâncias que ele acha que vão prejudicá-lo. Entre elas, substâncias inofensivas, como poeira e pólen. As lágrimas são a tentativa dos olhos de se purificar dessas irritações. Essa atividade em excesso muitas vezes pode levar à conjuntivite. De acordo com a Academia Americana de Oftalmologia, 22 milhões de americanos têm alergias, e a maioria deles tem conjuntivite alérgica.

De acordo com os Centros de Controle e Prevenção de Doenças (CDC), as doenças cardíacas são responsáveis por 21,8% das mortes de mulheres americanas. Ver "Leading Causes of Death — Females — All Races and Origins — United States, 2018", Centers for Disease Control and Prevention (CDC).

O imigrante haitiano Abner Louima foi preso na porta da boate Rendezvous, no Brooklyn, no sábado, dia 9 de agosto de 1997. Policiais da cidade de Nova York o prenderam depois de dispersarem uma multidão desordenada na frente da boate, reportando que Louima havia acertado com o punho o agente Justin Volpe. Os policiais teriam espancado Louima dentro da viatura. Depois, segundo testemunhas, o policial Charles Schwarz segurou Louima no banheiro da delegacia, enquanto Volpe o sodomizou com um cabo de vassoura. Schwarz cumpriu uma pena de cinco anos de prisão por perjúrio, enquanto Volpe declarou-se culpado e foi condenado em 1999 a trinta anos de prisão. Em abril de 2023, Volpe foi transferido de um centro correcional federal para uma prisão com liberdade condicional, e há planos de que seja solto integralmente em breve. Abordado por jornalistas quando estava em prisão domiciliar em Staten Island, no verão de 2023, Volpe declarou: "Eu só tenho amor no coração, tanto por Nova York como por todos os envolvidos no meu caso, especialmente o sr. Louima".

Maura Grunlund, "Ex-Cop from Staten Island, Justin Volpe, Released Early from Prison for Brutal Assault of Abner Louima", *Staten Island Live*, 14 jun. 2023.

p. 69
Ahmed Amadou Diallo, um imigrante e vendedor ambulante da África Ocidental, foi morto a tiros no início da manhã de 4 de fevereiro de 1999, no saguão de seu prédio no Bronx. Embora Diallo estivesse desarmado, quatro policiais da hoje extinta Street Crime Unit dispararam 41 tiros contra ele. Ele foi declarado morto no local. Em um julgamento em fevereiro de 2000, os quatro policiais foram absolvidos de todas as acusações (incluindo homicídio simples).

A mais repercutida reação ao assassinato de Amadou Diallo foi a apresentação de Bruce Springsteen da música "American Skin (41 Shots)". Ele lançou a música em um show em Atlanta, no dia 4 de junho de 2000. Antes de a turnê chegar a Nova York, oito dias depois, o chefe da New York City Police Benevolent Association [Associação Benevolente da Polícia da cidade de Nova York] já havia acionado todos os 27 mil policiais da cidade, exigindo que boicotassem o show e se recusassem a trabalhar como seguranças. O comissário de polícia Howard Safir o apoiou, e Bob Lucente, presidente da divisão estadual da Fraternal Order of Police [Ordem Fraterna da Polícia], perdeu seu emprego por causa desse fato, depois de pronunciar: "[Springsteen] se transformou em um canalha de merda. Ele vai para a lista de boicote. Ele tem um monte de músicas boas e tal, músicas com a bandeira americana e essa coisa toda, e agora ele é uma bichona, pode me dar o crédito quando citar isso". A música de Springsteen descreve uma mãe alertando seu filho a sempre reconhecer sua inferioridade frente aos policiais, observando que *"The secret my friend/ You can get killed just for living in your American skin"* [O segredo meu amigo/ Podem te matar apenas porque você vive na sua pele americana]. Esta música foi lançada apenas como *single* e não foi incluída, para a decepção de muitos críticos, no posterior álbum completo do artista, *The Rising*, que saiu após 11 de setembro de 2001, quando muitos policiais de Nova York perderam suas vidas. Uma versão da música gravada em estúdio aparece no álbum *High Hopes*, de Springsteen, lançado em 2014, e ele continua a tocá-la publicamente em homenagem a outras vítimas de violência policial, incluindo Trayvon Martin e George Floyd.
O nome de Diallo continua a ser mencionado pelo movimento Black Lives Matter e por outros movimentos de protesto contra a violência policial.

Em *Commons* (Berkeley: University of California Press, 2002), quarto livro de poesia de Myung Mi Kim, suas palavras finais são uma sugestão de "mobilizar nossa noção de responsabilidade mútua no espaço social".

p. 74
O tradutor e poeta Paul Celan cometeu suicídio em 1970.

"Todas as formas do sono" (*"Alle die Schlafgestalten"*) está no último livro de Celan, publicado em 1976. Ver Paul Celan, *Poems of Paul Celan*. Trad. de Michael Hamburger. Nova York: Persea, 1988, pp. 336-7.

p. 76
De acordo com um relatório de 2001 do Centro de Controle e Prevenção de Doenças (usando dados de mortalidade de 1999), a principal causa da morte de adultos de 25 anos ou mais no estado de New Hampshire, Estados Unidos, foram doenças cardiovasculares (39%).

O nome desse café é uma referência a um lugar usado para degustação de cafés. *Cupping coffee* significa provar diferentes cafés para determinar as características de seus sabores. O *cupping* também é usado para determinar se um café tem defeitos ou, ainda, no processo de criação de novas misturas. Um *cupping room* é uma sala limpa, um espaço criado com condições muito bem controladas que fornecem o ambiente ideal para a degustação. O desenho em forma de L do Cupping Room Café — com janelas somente nas duas extremidades — e suas portas frequentemente abertas, na verdade, não criam as condições necessárias para um autêntico espaço de degustação. Inaugurado no Soho em 1977, The Cupping Room Café fechou definitivamente em 2020, no auge da crise da covid-19.

p. 79
Em 1999, Lionel Tate, de doze anos, espancou até a morte Tiffany Eunick, sua vizinha de seis anos, fingindo que era um lutador profissional. Os promotores ofereceram à mãe dele um acordo para que o filho passasse três anos em um centro de detenção juvenil, acordo que ela recusou, acreditando que ele seria absolvido. Em vez disso, ele foi considerado culpado e condenado à prisão perpétua sem liberdade condicional, tornando-se a pessoa mais jovem a receber essa sentença nos Estados Unidos. Ele recebeu apoio da NAACP [Associação Nacional para o Progresso de Pessoas de Cor], do Vaticano e do Conselho de Direitos Humanos, em Genebra, mas seu pedido de clemência foi deixado unicamente nas mãos do governador da Flórida, Jeb Bush, que recusou o primeiro pedido de Tate devido à sua má conduta na prisão. Um segundo pedido de clemência foi feito pelo promotor Kenneth Padowitz, que considerou a sentença muito dura, e que ela não deveria ter passado de seis a nove meses.

Lionel Tate foi um dos quase 3 mil menores de idade julgados como adultos no estado da Flórida em 2001.

A mãe de Lionel, Kathleen Grossett-Tate, é policial na Flórida.

Em dezembro de 2003, a condenação de Lionel Tate por homicídio qualificado e a sentença de prisão perpétua foram anuladas pelo tribunal de apelação da Flórida, que determinou que sua capacidade mental deveria ter sido examinada antes do julgamento. Ele recebeu, então, uma rara segunda oportunidade de firmar um acordo de negociação da confissão (*plea bargain*). Ele concordou com a acusação de homicídio simples, que encurtou a sua sentença para três anos de prisão — tempo que, em grande parte, ele já havia cumprido. Tanto Tate quanto sua mãe disseram que ficaram decepcionados com esse acordo, pois para eles o caso era de homicídio culposo, e não doloso, mas concordaram com a acusação de assassinato para que ele pudesse ter sua liberdade concedida.

Em janeiro de 2004, Tate foi liberado para um ano de prisão domiciliar e dez anos de liberdade condicional. Em maio de 2005, Tate voltou para a prisão após assaltar à mão armada um entregador de pizza. Em seu julgamento de 2006, ele se declarou culpado pela violação da liberdade condicional e pelo assalto à mão armada. Ao condenar Tate a trinta anos de prisão, o juiz Joel T. Lazarus, do Tribunal do Condado de Broward disse: "Em inglês claro, Lionel Tate, você não tem mais chance. Você não tem mais nenhuma chance".
 Terry Aguayo, "Youth Who Killed at 12 Gets 30 Years for Violating Probation", *New York Times*, 19 maio 2006. Disponível em: <www.nytimes.com /2006/05/19/us/19sentence.html>. Acesso em: 24 ago. 2023.

p. 79
A bula do Tylenol Extra Strength (extraforte) faz um alerta com relação a crianças de seis a onze anos: "Não use este produto extraforte, feito para adultos, em crianças menores de doze anos; isso fornecerá mais do que a dose recomendada (overdose) de Tylenol e poderá causar sérios problemas de saúde". Lionel teria sido autorizado a "tomar dois comprimidos, drágeas, pílulas ou cápsulas de gel a cada 4-6 horas, conforme necessário", assim que entrou no centro de detenção — embora, presumivelmente, a equipe da enfermaria fosse impedi-lo de tomar "mais de oito comprimidos, drágeas, pílulas ou cápsulas de gel em 24 horas".

p. 83
Em 2 de julho de 2001, Robert "Bob" Tools, de Franklin, no centro-sul do estado de Kentucky, recebeu um coração artificial. Os moradores da cidadezinha de 8 mil habitantes ficaram surpresos ao saber disso quando a imprensa baixou em Franklin naquele dia. A maioria das pessoas conhecia Tools, um sujeito gregário, mas

não sabia que ele tinha sido o primeiro a se submeter a uma cirurgia tão revolucionária. "Não sei como eles mantiveram esse segredo por tanto tempo", disse o barbeiro Clay Kinnard, 71 anos. Ainda assim, os moradores disseram que ficaram impressionados, mas que respeitariam a privacidade de Tools e permitiriam a solidão necessária para sua convalescência. Ver Sara Shipley, "Folks in Franklin Remained Unaware or Carefully Quiet", *The Courier-Journal*, 22 ago. 2001.

Setenta e três dias depois de Tools receber seu coração artificial, Tom Christerson, de Central City, Kentucky, tornou-se o segundo paciente a ter a bomba experimental AbioCor implantada no peito. Aos setenta anos foi operado por cirurgiões da Universidade de Louisville, assim como Tools.

Tools morreu aos 59 anos, em 1º de dezembro de 2001, quase cinco meses depois de receber seu coração artificial. Ele morreu de hemorragia abdominal grave, que os médicos não atribuíram à bomba AbioCor, mas disseram que, mais provavelmente, teria sido causada pelos anticoagulantes que ele precisava tomar para ajudar no desempenho do implante.

Christerson morreu em 2003, aos 71 anos, dezessete meses depois de receber o implante. A Abiomed, empresa que fabricou o AbiCor, declarou que Christerson morreu depois que uma membrana no coração artificial se desgastou.

"Family, Friends Say Goodbye to Heart Pioneer Tom Christerson", em *WAVE News*, 11 fev. 2003. Disponível em: < https://www.wave3.com/story/1125178/family-friends-say-goodbye-to-heart-pioneer-tom-christerson/>. Acesso em: 22 ago. 2023.

p. 84
O escritor sul-africano John Maxwell (J. M.) Coetzee ganhou o Prêmio Nobel de Literatura de 2003.

Dentes brancos é o romance de estreia de Zadie Smith, publicado originalmente em junho de 2001, quando ela tinha 23 anos.

Desonra, romance de Coetzee, ganhou o Booker Prize de 1999, tornando-o o primeiro escritor a receber o prêmio duas vezes (*Vida e época de Michael K* ganhou em 1983).

De acordo com a Comissão da Verdade e Reconciliação da África do Sul (TRC), esta "foi criada pelo governo de unidade nacional para ajudar o país a lidar com o que aconteceu sob o apartheid. O conflito durante esse período resultou em violência e abusos dos direitos humanos de todos os lados. Nenhum setor da sociedade escapou desses abusos". A TRC foi estabelecida pela Lei de Promoção da

Unidade Nacional e da Reconciliação, n. 34, de 1995. Nelson Mandela é um especial defensor da TRC. Aqueles que criticam a Comissão, incluindo membros do próprio Congresso Nacional Africano de Mandela, acham que o comitê é muito indulgente, concedendo anistia aos brancos que admitem ter matado negros durante o apartheid.

naturalism [naturalismo] — *s. Lit., Arte, etc. a*) adesão fiel à natureza; realismo; especif. os princípios e métodos de um grupo de escritores do século XIX, entre eles Émile Zola, Gustave Flaubert e Guy de Maupassant, que acreditavam que o escritor ou artista deveria aplicar objetividade e precisão científicas na observação e representação da vida, sem idealizar, impor juízos de valor ou evitar o que pode ser considerado sórdido ou repulsivo. *b*) a qualidade resultante do uso desse realismo.
"naturalism", em *Webster's New World College Dictionary*. 4. ed. Foster City: IDG Books Worldwide, 2000, p. 960.

petrous [petrus] — *adj.* de ou como rocha; duro; pedregoso.
"petrous", em *Webster's New World College Dictionary*. 4. ed. Foster City: IDG Books Worldwide, 2000, p. 1077.

p. 85
Uma busca no Google pelas palavras-chave *rape* [estupro] e *statistics* [estatísticas], em 17 de novembro de 2003, às 20h22, seguida do comando "Estou com sorte", encontra um site intitulado RAINN Statistics RAINN é a Rede Nacional de Assistência a Vítimas de Estupro, Abuso e Incesto. De acordo com a RAINN, 14,8% das mulheres americanas foram vítimas de estupro e outras 2,8% foram vítimas de tentativa de estupro (no total, uma em cada seis mulheres).

p. 86
O drink Between the Sheets [Entre os lençóis] leva doses iguais de conhaque, rum branco e *Triple sec* e um toque de suco de limão. Misture bem os ingredientes com gelo e coe para um copo de coquetel. Decore com casca de limão e sirva.

p. 89
Diflucan é um comprimido oral.

A primeira advertência que a empresa farmacêutica Pfizer faz na descrição do Diflucan é a seguinte: "(1) Lesão hepática: o DIFLUCAN tem sido associado a casos raros de toxicidade hepática grave, incluindo fatalidades principalmente em pacientes com graves condições médicas subjacentes. Em casos de hepatotoxicidade associada ao DIFLUCAN, não foi observada nenhuma relação óbvia com a dose diária total, a duração do tratamento, o sexo ou a idade do paciente. A hepatotoxicidade do

DIFLUCAN, geralmente, mas nem sempre, é reversível com a interrupção do tratamento. Pacientes que desenvolvem testes de função hepática anormais durante o tratamento com DIFLUCAN devem ser monitorados quanto ao desenvolvimento de lesão hepática mais grave. DIFLUCAN deve ser interrompido se surgirem sinais e sintomas clínicos condizentes com o desenvolvimento de doença hepática que possam ser atribuídos ao DIFLUCAN". Esta é a única advertência impressa em negrito.

Adam Davidson, "Working Stiffs: The Necessary Parasites of Capitalism". *Harper's*, ago. 2001, pp. 48-54.

p. 93
Em 13 de fevereiro de 2002, a rainha Elizabeth II condecorou Rudolph Giuliani com o título de cavaleiro da Ordem por seu papel após os ataques terroristas de 11 de Setembro de 2001, na cidade de Nova York. Cavaleiro da Ordem do Império Britânico, um título que remonta a 1917, é uma honraria concedida pela coroa da Inglaterra a cidadãos não britânicos. A concessão do seu título não incluiu uma cerimônia de investidura do cavaleiro em que ele se ajoelharia diante da Rainha enquanto ela tocasse seu ombro com uma espada, e Giuliani não foi obrigado a lutar em defesa da Grã-Bretanha, embora tenha recebido uma medalha. (Ele também não foi autorizado a usar o título de "Sir", mas foi autorizado a assinar as letras "K.B.E." — junto com o "Esq.", que seu diploma de direito lhe permite — depois do seu nome.)

Em setembro de 2021, após os comentários da Rainha Elizabeth II em comemoração ao vigésimo aniversário dos ataques de 11 de Setembro, Giuliani falsamente alegou que havia recusado o título de cavaleiro da Ordem, com a justificativa (incorreta) de que teria sido obrigado a renunciar à cidadania americana. Num discurso em Nova York, durante um jantar comemorativo no Cipriani's, Giuliani (aparentemente imitando a Rainha) disse: "Você fez um trabalho maravilhoso em 11 de Setembro, e por isso o estou nomeando Cavaleiro Comandante honorário de... alguma coisa real".

Jordan Hoffman, "Rudy Giuliani Finds New Way to Disgrace Himself by Insulting Queen Elizabeth", *Vanity Fair*, 12 set. 2021. Disponível em: <https://www.vanityfair.com/style/2021/09/rudy-giuliani-finds-new-way-to-disgrace-himself-by-insulting-queen-elizabeth>. Acesso em: 25 ago. 2023.

Sean Connery, sendo bem escocês, recebeu seu título de cavaleiro em 5 de julho de 2000, em Edimburgo. Ele disse que foi "um dos dias de que mais se orgulha em sua vida". Seu título de cavaleiro foi particularmente controverso, dadas suas visões políticas separatistas. Connery supostamente doa 4800 libras por mês ao Partido Nacional Escocês. Essa associação fez com que sua indicação ao título de cavaleiro fosse negada em duas ocasiões anteriores. Para muitos nacionalistas escoceses a aceitação do título de cavaleiro por Connery foi uma traição à causa.

O ator de cinema John Gielgud, homossexual publicamente assumido, recebeu o título de cavaleiro em 1953. Muita gente achava que ele merecia o título há anos e, finalmente, o recebeu depois que seus colegas Laurence Olivier e Ralph Richardson, atores e cavaleiros, imploraram ao primeiro-ministro Winston Churchill que corrigisse aquela situação.

Em 15 de junho de 2002, o líder dos Rolling Stones, Mick Jagger, tornou-se cavaleiro na celebração oficial do aniversário da rainha Elizabeth II. Ele é o quarto artista de rock 'n' roll a receber essa honraria, depois do Beatle Paul McCartney, do cantor e compositor Elton John e do irlandês Bob Geldoff, vocalista dos Boomtown Rats e organizador do Live Aid.

Trecho do discurso de Wallace Steven "The Noble Rider and the Sound of Words" [O nobre cavaleiro e o som das palavras], publicado pela primeira vez pela Princeton University Press em 1942. O discurso aborda o afastamento dele e de outros poetas de quaisquer preocupações políticas em suas obras. Ele sugere que tais poetas desempenham um papel social mais importante do que os poetas contemporâneos que criam versos politicamente didáticos.

p. 94
Georg Wilhelm Friedrich Hegel apresenta esse conceito em sua "Filosofia do Direito".

Antígona, filha de Édipo, era integrante do amaldiçoado reino de Tebas. Seu irmão Polinice se opôs a Creonte, tio deles e rei de Tebas, a quem Édipo havia voluntariamente passado sua coroa. Creonte, então, se voltou contra Édipo e o expulsou de Tebas. Após derrotar Polinice, Creonte declarou por lei que seria ilegal enterrar seu corpo. Antígona deu ao irmão um enterro adequado e respeitoso e depois se apresentou destemida a Creonte; ela já havia perdido o direito à própria vida no momento em que decidiu enterrar seu irmão. Logo antes de ser executada, ela disse: "Eis-me aqui, o que sofro/ Porque sustentei o que é correto".

Nos anos seguintes ao 11 de setembro de 2001, periodicamente surgem notícias especulando que Osama bin Laden teria morrido, em geral em consequência de bombardeios dos Estados Unidos no Afeganistão. Também surgem de tempos em tempos notícias de que Bin Laden teria sido visto ou provas de que ele teria se comunicado. A reação pública a ambos os tipos de notícia parece enfraquecida, o que traz cada vez mais à tona a dúvida sobre se a sobrevivência física de Bin Laden tinha qualquer importância. A morte de Bin Laden só seria de fato confirmada quando o presidente Obama anunciou — em uma transmissão ao vivo da Casa Branca — que haviam matado Bin Laden durante uma operação liderada pelos Estados Unidos no Paquistão, em 2 de maio de 2011.

p. 96
Oficialmente intitulado "Nowhere to Run", a paródia criada por Madblast foi publicada no extinto site politicaltoons.com (e amplamente compartilhada por e-mail) após os ataques de 11 de Setembro. O vídeo incluía uma versão animada do ex-secretário de Estado Colin Powell cantando "Daylight come and we drop-a de bomb" ["O dia clareia e nós soltamos a bomba"], enquanto uma foto animada de Osama bin Laden aparecia entre mísseis. O vídeo ainda está disponível no YouTube.

"Bin Laden Has Nowhere to Run — Nowhere to Hide", *Madblast*. Disponível em: <politicaltoons.com/osama.cfm>. Acesso em 2004. Ver também: <https://www.youtube.com/watch?v=ROJ7w2yBdıI>. Acesso em 23 de agosto de 2023.

Sarah Boxer, "Point, Click and Mock on the Wild, Wild Web", *The New York Times*, 21 out. 2003. Disponível em: <www.nytimes.com/2004/10/21/arts/point-click-and-mock-on-the-wild-wild-web.html>. Acesso em: 7 out. 2024.

p. 99
A West Side Highway, que corre ao longo do rio Hudson no West Side de Nova York, vira a Henry Hudson Parkway quando entra no Riverside Park na 66th Street. A Henry Hudson Parkway continua pelo Harlem e cruza do extremo norte de Manhattan até o Bronx. Quando cruza o condado de Westchester, torna-se a Saw Mill Parkway e traz os motoristas para o aprazível Hudson Valley, no norte do estado de Nova York. A Saw Mill, uma das primeiras estradas dos Estados Unidos com quatro faixas, é uma reminiscência do conceito original de autoestradas de Robert Moses, criadas para os lentos motoristas dominicais, em oposição às superautoestradas mais modernas, criadas com o propósito de transportar pessoas e cargas o mais rápido possível de um centro metropolitano para outro. Se alguém pegasse a West Side Highway no centro da cidade, em direção ao extremo sul de Manhattan, poderia passar pelo túnel Brooklyn Battery, por baixo do rio East, e entrar na Belt Parkway, no Brooklyn. A Belt Parkway vira para o leste em Long Island e, uma vez que cruza o condado de Nassau, torna-se a Southern State Parkway. O trânsito nessas estradas, especialmente no verão, é a prova de que o grande plano de Moses deu errado.

A Universidade de Columbia fica na parte alta da cidade, no bairro de Morningside Heights. O coração do campus, na esquina da Broadway com a 116th Street, fica a cerca de três quarteirões da Henry Hudson Highway, cortando caminho pelo Riverside Park.

pp. 99-100
O nome completo do grupo fundamentalista islâmico que normalmente chamamos de Al Qaeda é al-Qaeda al-Sulbah que significa "a base sólida". Na carta fundadora da organização, ela é descrita como a "ponta de lança do Islã" e a "vanguarda pioneira dos movimentos islâmicos".

p. 102
A eTrade foi fundada em 1982 e teve uma oferta pública inicial (IPO) em 1996, tornando-se uma plataforma pioneira de negociação de ações online. A empresa foi adquirida pelo banco Morgan Stanley em 2020, por 13 bilhões de dólares.

Originada em um slogan publicitário da Eastman Kodak Company (que foi a maior produtora de câmeras e filmes de fotografia durante quase todo o século XX), um "momento Kodak" inicialmente significava um instante precioso e passageiro que merecia ser eternizado em filme. A partir da década de 1990, a empresa começou a ter dificuldade de se manter atualizada devido ao surgimento da fotografia digital — a ponto de a expressão "momento Kodak" também ter sido usada de forma irônica para descrever o fracasso de uma empresa em ficar em dia com as inovações tecnológicas. A Eastman Kodak declarou falência em 2013, emergindo desse processo com um foco, bem mais restrito, em softwares para impressoras comerciais.
 Paul Ziboro, "So, What Does Kodak Do These Days?", *The Wall Street Journal*, 7 ago. 2020. Disponível em: <www.wsj.com/articles/what-does-kodak-do-these-days-a-decade-of-pivots-before-a-huge-federal-loan-11596806449>. Acesso em: 7 out. 2024.

"I am Tiger Woods" [Eu sou Tiger Woods] foi o slogan da campanha publicitária da Nike em 1997, impressa e em rádio e TV, estrelada pelas crianças prodígio (*wunderkind*) campeãs de golfe profissional.

No ataque de 11 de Setembro de 2001, não só as Torres Gêmeas foram destruídas, mas todo o sistema de edifícios que as cercava e conectava, conhecido como Complexo do World Trade Center

Condoleezza Rice, se referindo ao presidente George W. Bush: "O que ele menos gosta é que eu diga: 'Isso é complexo'". Ver Nicholas Lemann, "Without a Doubt", *The New Yorker*, 14 out. 2002.

p. 103
O Ato Patriota foi aprovado pela Câmara dos Representantes dos Estados Unidos no dia 24 de outubro de 2001. O título completo da legislação é "Unindo e fortalecendo os Estados Unidos, fornecendo as ferramentas apropriadas e necessárias para interceptar e obstruir o terrorismo (Ato Patriota) de 2001". Dois dias depois, o presidente

Bush assinou a lei. Esse documento de 342 páginas foi redigido e aprovado às pressas após os eventos terroristas de 11 de Setembro. Ele dá um poder substancial, tanto às forças de segurança domésticas quanto aos serviços de inteligência internacional, na perseguição de terroristas, permitindo que ignorem os controles e contrapesos usuais estabelecidos pelo poder judiciário do governo. Embora várias normas sejam feitas para expirar, outras não o são, entre elas dar ao governo o direito de intimar a revelação de comunicações eletrônicas, passando por cima das normas de privacidade da Cable Act (Lei do cabo) para serviços de comunicação oferecidos por provedores de TV a cabo, e uma concessão para buscas furtivas ("Sneak and Peek"), que permite que a aplicação da lei retarde a notificação para a execução de um mandado. Em novembro de 2003, o FBI invocou o Ato Patriota para intimar o fornecimento de demonstrativos financeiros para ajudá-los a desvendar um escândalo de corrupção política envolvendo um clube de striptease em Las Vegas. Este foi o primeiro uso evidente do Ato Patriota em uma questão não relacionada ao terrorismo. No início de 2003, o rascunho de um projeto de lei do Departamento de Justiça, "Lei de aprimoramento da segurança doméstica de 2003", vazou para a imprensa pelo não partidário Centro de Integridade Pública, um grupo de direitos civis. Este projeto de lei foi apelidado de "Patriota II". Apesar de ter recebido críticas e ter sido engavetado, alguns de seus pontos foram adiante em outras legislações.

p. 105
De acordo com os Centros de Controle e Prevenção de Doenças (CDC), o primeiro caso de ataque de antraz por inalação nos Estados Unidos foi relatado no condado de Palm Beach, na Flórida,[a] em 4 de outubro de 2001. Robert Stevens, de 63 anos, provavelmente foi exposto ao antraz em 19 de setembro, abrindo uma correspondência em seu escritório na editora America Media, em Boca Raton. Ele começou a ter sintomas de doença em 30 de setembro e morreu em 5 de outubro.

[a] O condado de Palm Beach foi foco de atenção nacional no ano anterior, por ter sido local de recontagem de votos na eleição presidencial de 2000.

Stevens foi a primeira das cinco pessoas mortas em uma série de ataques com antraz entre 18 de setembro e 12 de outubro de 2001 (22 pessoas, incluindo doze funcionários dos correios, adoeceram gravemente). Embora o culpado pelos ataques tenha ficado solto por muitos anos, a investigação do FBI centrou-se basicamente em Bruce Edwards Ivins, um pesquisador de biodefesa no Instituto de Pesquisa Médica de Doenças Infecciosas do Exército, em Fort Detrick, Maryland. Ivins, de 62 anos, suicidou-se em 29 de julho de 2008, enquanto os promotores federais se preparavam para apresentar sua investigação ao tribunal. Antes de tomar uma overdose fatal de Tylenol, Ivins deixou uma nota dizendo: "Por favor, me deixem dormir. Por favor".

Segundo o Centro de Controle e Prevenção de Doenças (CDC), a lista de sintomas de antraz por inalação inclui febre e calafrios, desconforto no peito, falta de ar, confusão ou tontura; tosse, náusea, vômito ou dores abdominais, dor de cabeça, suores (muitas vezes intensos), cansaço extremo e dores no corpo.

Ashley Broughton, "'Let Me Sleep,' Anthrax Suspect Wrote Before Suicide", *CNN*, 6 jan. 2009. Disponível em: <edition.cnn.com/2009/CRIME/01/06/anthrax.ivins↗. Acesso em: 7 out. 2024; e "Symptoms of Anthrax", no website do Center for Disease Control and Prevention (CDC).

p. 109
Mahalia Jackson foi a primeira grande estrela da música gospel, e costuma ser até hoje considerada a maior cantora gospel de todos os tempos. Ela fez sucesso com sua mistura de estilos musicais, criando músicas que atraíam um público em constante expansão ao longo de sua carreira, solidificada por sua aparição no Newport Jazz Festival, em 1958.

George Wein é um pianista de jazz nascido em Boston que lançou sua carreira no Newport Jazz Festival, em 1954. Ele também inaugurou o destacado clube de jazz Storyville.

Mahalia Jackson fez seu show de despedida na Alemanha em 1971, poucos meses antes de morrer.

Paul Celan fez esta afirmação em seu discurso por ocasião da entrega do Prêmio de literatura alemã de Bremen (Prêmio Literário da Cidade Livre Hanseática de Bremen), em 1958. Ele disse que a linguagem deve ser libertada da história.

Mahalia Jackson enfrentou adversidades incomuns nos últimos anos de sua vida. Seus amigos e colegas ativistas dos direitos civis — Martin Luther King Jr., John F. Kennedy e Robert F. Kennedy — foram todos assassinados, o que a levou a se aposentar da vida política em 1968. Depois ela atravessou um divórcio notadamente confuso e amplamente divulgado, que levou à sua deterioração física. Ela teve vários ataques cardíacos e perdeu quase cinquenta quilos em pouco tempo. Ainda assim, conseguiu recuperar sua forma e fazer vários shows antes de morrer, em 27 de janeiro de 1972.

André Breton também cita esse fragmento de Hegel em *Nadja*, seu romance surrealista.

p. 111
A romancista e dramaturga Sarah Schulman contou essa história.

O fato de Frieda Berger ter uma tatuagem dessas era suficiente para indicar que ela havia estado presa em Auschwitz. O complexo do campo de concentração de Auschwitz foi o único local onde os prisioneiros foram sistemicamente tatuados durante o Holocausto. Costurar os números de série nas roupas dos presos era uma prática mais comum. A tatuagem começou em Auschwitz em 1941, quando cerca de 12 mil prisioneiros de guerra soviéticos foram levados para lá. Em maio de 1944, foi introduzida a série A (o sistema anterior não usava prefixos de letras, exceto para soviéticos [AU], ciganos [Z] e aqueles designados à "reeducação" [EH]). "A", na verdade, não significava nada mais do que o início do alfabeto. A série A deveria ser tatuada nos primeiros 20 mil novos prisioneiros judeus homens e nas primeiras 20 mil novas prisioneiras judias. As séries subsequentes seguiriam o alfabeto, mas os campos fecharam antes que a série B estivesse completa. Devido a um erro logístico, a série A para mulheres foi atribuída a 25 378 prisioneiras antes de a série B começar.

> George Rosenthal, "The Evolution of Tattooing in the Auschwitz Concentration Camp Complex". Disponível em: <www.jewishvirtuallibrary.org/the-evolution-of-tattooing-in-the-auschwitz-concentration-camp-complex>. Acesso em: 7 out. 2024.

p. 112

Em 2 de abril de 2002, o primeiro-ministro de Israel, Ariel Sharon, sugeriu que o líder da Autoridade Palestina, Yasir Arafat, fosse enviado da Faixa de Gaza e da Cisjordânia para o exílio.

O secretário de Estado dos Estados Unidos, Colin Powell, reagiu negativamente à sugestão de Sharon em abril de 2002, dizendo que Arafat "ainda tem um papel a desempenhar". Após o duplo atentado suicida de 5 de janeiro de 2003 em Tel Aviv, Sharon mais uma vez anunciou sua intenção de expulsar Arafat, assim que as ações americanas no Iraque estivessem concluídas.

Sobrevivente de múltiplas tentativas de assassinato, Arafat viveu de 2001 a 2004 nas ruínas de seu quartel-general em Ramallah, cercado pelo Exército Israelense. Em outubro de 2004, tendo relatado dores de estômago, ele foi levado de avião para um hospital militar francês nos arredores de Paris, onde acabou morrendo em 11 de novembro devido a um derrame. Sua morte gerou diversas teorias da conspiração, inclusive a de que Arafat teria morrido em decorrência de complicações da aids. Sua viúva, Suha, afirma que ele foi envenenado com plutônio por Israel. Após uma investigação oficial, um tribunal francês em 2015 descartou qualquer ação criminosa.

> Agência France-Presse de Nanterre, "France Closes Yasser Arafat Murder Inquiry with No Charges Brought", *The Guardian*, 2 set. 2015. Disponível em: <www.theguardian.com/world/2015/sep/02/yasser-arafat-murder-investigation-closed-france>. Acesso em: 7 out. 2024.

Arafat é tratado como um lugar de perdão no Alcorão. O versículo 175 da Sura Al--Baqarah (Capítulo 2. A Vaca — Dia Dois) diz: "Esses são os que compraram o descaminho pelo preço da orientação, e o castigo pelo perdão. E quanta paciência terão eles para suportar o Fogo!". Os versículos 198 e 199 dizem: "Não há culpa sobre vós, ao buscardes favor de vosso Senhor em vossos negócios. E, quando prosseguirdes do monte Arafat, lembrai-vos de Allah junto do Símbolo Sagrado. E lembrai-vos bem d'Ele, como Ele bem vos guiou; e, por certo, éreis, antes disso, dos descaminhados. Em seguida, prossegui, de onde prosseguem os outros homens; e implorei perdão de Allah. Por certo, Allah é Perdoador, Misericordiador".*

p. 115
Este filme, de 1937, apresenta Katharine Hepburn e Ginger Rogers interpretando atrizes de teatro que moravam juntas em uma pensão. O filme surpreende por ser tão comovente, sobretudo tratando-se de uma comédia. Foi notável por seu elenco predominantemente feminino, que inclui também Lucille Ball, Eve Arden e Ann Miller. *No teatro da vida* foi indicado a três Oscars: Melhor Filme, Melhor Diretor e Melhor Roteiro.

p. 116
Em 15 de abril de 2002, a FDA aprovou o uso do Botox para remoção ou diminuição da aparência de linhas de expressão. A Allergan, Inc. apresentou o produto pela primeira vez em 1989, para tratar alguns graves distúrbios dos músculos oculares.

Descrição oficial da empresa de energia Enron, novembro de 2003: A Enron está no meio da reestruturação de vários negócios para distribuição, como empresas que continuam para seus credores, e liquidando suas operações restantes.

p. 117
As vendas de água engarrafada aumentaram 9,3% nos Estados Unidos em 2000, o equivalente a 5,7 bilhões de dólares, de acordo com a Beverage Marketing Corporation, uma empresa de pesquisa e consultoria com sede em Nova York (www.bottledwaterweb.com).

pp. 117-9
Em consequência dos ataques de 11 de setembro de 2001, os aeroportos ficaram sem dinheiro, não só por causa da queda acentuada de viagens aéreas, mas também devido aos custos exorbitantes do aumento da segurança. Por exemplo, o aeroporto John Wayne, no condado de Orange, na Califórnia, estimou gastar 1 milhão de dólares a mais por mês em segurança, e no Aeroporto Internacional Hartsfield, em Atlanta, os custos de segurança aumentaram em 2 milhões de dólares por mês.

---

* Os trechos do Alcorão foram traduzidos por Helmi Nars. [N.T.]

p. 119
A síndrome respiratória aguda grave (SARS) é uma síndrome respiratória viral. A SARS foi notificada pela primeira vez na Ásia, em fevereiro de 2003. Nos meses seguintes, a doença se espalhou para mais de 25 países da América do Norte, América do Sul, Europa e Ásia. O surto global de SARS de 2003 foi contido, porém, é possível que a doença ressurja.

Em geral, a SARS começa com uma febre alta (temperatura superior a 38°C). A principal maneira da SARS se espalhar é, aparentemente, pelo contato próximo de uma pessoa com outra. No caso da SARS, contato próximo significa cuidar de ou morar com alguém que tem SARS ou ter contato direto com secreções respiratórias ou fluidos corporais de um paciente com SARS. Exemplos de contato próximo incluem beijar ou abraçar, compartilhar utensílios para comer ou beber, conversar com alguém a menos de um metro de distância e tocar alguém diretamente. O contato próximo não inclui atividades como passar por uma pessoa ou ficar em uma sala de espera ou escritório por pouco tempo.
"SARS Basic Fact Sheet", Centers for Disease Control and Prevention (CDC), 2003. Disponível em: <www.cdc.gov/sars/about/fs-sars.html>. Acesso em: 7 out. 2024.

Em fevereiro de 2020, a Organização Mundial da Saúde (OMS) anunciou que o novo coronavírus, que começou a circular em 2019, seria oficialmente denominado "coronavírus da síndrome respiratória aguda grave 2 (SARS-CoV-2)", e que a doença causada por esse vírus seria chamada de "doença do coronavírus de 2019 (covid-19)". Segundo a OMS, "esse nome foi escolhido porque o vírus é geneticamente relacionado ao coronavírus responsável pelo surto de SARS em 2003. Embora tenham relação, os dois vírus são diferentes".

Os Institutos Nacionais de Saúde (NIH) observaram em julho de 2020 que o SARS-CoV-2 é "menos letal, mas muito mais contagioso" do que seu predecessor de 2003. Após declarar em março de 2020 que o SARS-CoV-2 não era capaz de ser transmitido pelo ar, a OMS por fim corrigiu essa conclusão, após pressão de cientistas e profissionais da saúde. Em abril de 2021, a OMS emitiu uma atualização oficial, advertindo que, além da transmissão por contato próximo, "o vírus também pode se espalhar em ambientes mal ventilados e/ou cheios, onde as pessoas tendem a passar bastante tempo. Isso ocorre porque os aerossóis permanecem suspensos no ar ou se deslocam por mais de um metro (longa distância)".
J. V. Chamary, "WHO Finally Admits Coronavirus Is Airborne. It's Too Late", *Forbes*, 4 maio 2021. Disponível em: <www.forbes.com/sites/jvchamary/2021/05/04/who-coronavirus-airborne/>. Acesso em: 7 out. 2024.

Eskild Petersen et al., "Comparing SARS-CoV-2 with SARS-CoV and Influenza Pandemics". *The Lancet*, v. 20, n. 9, 2020, pp. e238-44. Disponível em: <doi: 10.1016/S1473-3099(20)30484-9>. Acesso em: 7 out. 2024.

Organização Mundial de Saúde, "Naming the Coronavirus Disease (Covid-19) and the Virus that Causes It", *Country & Technical Guidance — Coronavirus Disease (Covid-19)*, 17 jul. 2020. Disponível em: <www.who.int/emergencies/diseases/novel-coronavirus-2019/technical-guidance/naming-the-coronavirus-disease--(covid-2019)-and-the-virus-that-causes-it>. Acesso em: 7 out. 2024.

p. 121
Os Marlboros mais longos disponíveis são Marlboro Light 100's Superlong ou Marlboro Vermelho 100's Superlong.

Em 27 de janeiro de 2003, a Phillip Morris Companies, Inc. mudou seu nome corporativo para Altria Group, Inc. Esta é uma empresa matriz que inclui a Kraft Foods, Inc., a Philip Morris International, Inc. e a Philip Morris USA, Inc. A empresa manteve a marca Philip Morris para seus cigarros. De acordo com um comunicado da Altria à imprensa: "O nome e o logotipo da Altria expressam, de forma poderosa, estas qualidades duradouras: a busca pela excelência, o foco de suas empresas na construção de marcas, a paixão pelo sucesso, a abertura à inovação, o compromisso com suas comunidades e sociedades, e o foco nas pessoas". A palavra *Altria* não tem origem etimológica. De acordo com um estudo da Universidade da Califórnia, em San Francisco, publicado no *American Journal of Public Health*, a mudança de nome da empresa foi um esforço de relações públicas de separar sua reputação como empresa principalmente de tabaco, sem prejudicar suas vendas nessas divisões. O estudo diz que a empresa desviou a atenção do motivo da mudança de nome porque uma associação da Altria com o tabaco, por parte dos consumidores, faria a manobra fracassar. A Altria não vai divulgar nenhum de seus produtos de tabaco na internet e fornecerá publicidade somente quando solicitada por e-mail. A Philip Morris International e a Altria se separaram formalmente em 2008, quando enfrentavam crescente pressão jurídica nos Estados Unidos. Desde então, a Philip Morris International tem sido responsável pelo marketing e pela venda de produtos da marca Marlboro no exterior, além de investir fortemente em dispositivos que substituem o tabaco, como cigarros eletrônicos e canetas vaporizadoras. Em 2023, a empresa anunciou sua intenção de se tornar uma "companhia majoritariamente livre de fumo" até 2025, destacando um investimento acumulado de 10,7 bilhões de dólares em produtos sem fumaça desde 2008.
"Philip Morris International Releases Integrated Report 2022", *Philip Morris International*, 5 abr. 2023. Disponível em: <www.pmi.com/media-center/press--releases/press-details?newsId=26266>. Acesso em: 7 out. 2024.

Ian Johnston; Arash Massoudi. "Philip Morris Rules Out Future Merger with Altria", *Financial Times*, 9 nov. 2021.

O chiclete Juicy Fruit tem uma das campanhas publicitárias mais duradouras que existem até hoje. A campanha *"The taste is going to move you"* [O sabor vai mexer com você] começou em 1983.

O inglês Mike Leigh, diretor de *Segredos e mentiras*, é conhecido por sua capacidade de fazer filmes sobre assuntos que, colocados no papel, parecem correr o risco de virar melodramas exagerados, mas que, com seu estilo sutil, resultam em filmes refinados com ênfase nas interações pessoais.

p. 125
Operação Liberdade Iraquiana (Iraqi Freedom) foi o nome oficial usado pelo governo dos Estados Unidos para suas ações militares no Iraque entre março de 2003 e novembro de 2011. O nome está relacionado à Operação Liberdade Duradoura (Enduring Freedom), que, sob o guarda-chuva da Guerra ao Terror, refere-se às ações militares do país de 2001 a 2014, com o objetivo de acabar com o regime talibã no Afeganistão e eliminar a Al Qaeda. (O Departamento de Assuntos de Veteranos dos Estados Unidos observa que a Operação Liberdade Duradoura foi inicialmente chamada de "Operação Justiça Infinita".) O Talibã retomou o poder no Afeganistão em agosto de 2021.
"Veterans Employment Toolkit: Dates and Names of Conflicts", *US Department of Veterans Affairs*, 7 jul. 2021. Disponível em: <www.va.gov/vetsinworkplace/docs/em_datesnames.asp>. Acesso: 07 out. 2024.

O Parlamento turco não permitiu que as tropas dos Estados Unidos usassem seu território na fronteira com o Iraque durante a Operação Liberdade do Iraque, mas depois reverteu a decisão, exigindo mais ajuda dos Estados Unidos.

Declaração feita pelo presidente dos Estados Unidos, George W. Bush, em 11 de abril de 2003.

p. 126
A tradição de exibir uma fita amarela, para demonstrar o desejo de que as tropas dos Estados Unidos voltassem para casa em segurança foi inspirada na música "Tie a Yellow Ribbon Round the Ole Oak Tree", composta por Brown e Levine e popularizada pelo grupo Tony Orlando e Dawn na versão lançada em 1971.

As vendas de bandeiras americanas dispararam imediatamente após os ataques de 11 de Setembro. A Walmart registrou a venda de 450 mil bandeiras entre os dias 11 e 13 de setembro, em comparação com 26 mil no mesmo período do ano anterior.
"Sales Spike for Red, White, and Blue", *CNN*, 14 set. 2011.

pp. 127-8
Toni Morrison, "Coisas indizíveis não ditas: A presença afro-americana na literatura americana", em *A fonte da autoestima: Ensaios, discursos e reflexões*. Trad. de Odorico Leal. São Paulo: Companhia das Letras, 2020.

Ação de farmacêuticas contra o governo da África do Sul: Processo Número 4183/98.

p. 129
Thabo Mbeki foi vice-presidente de Nelson Mandela e teve um papel tão ativo que o próprio Mandela se referiu a ele como o "presidente de fato" da África do Sul. O renomado economista sucedeu Mandela como presidente em junho de 1999. Mbeki foi criticado tanto por grupos negros na África do Sul, devido a suas duras políticas econômicas, quanto por grupos brancos, por sua postura fortemente defensora de ações afirmativas. Ele é visto como um intelectual admirável, embora um tanto rígido, conhecido por sua educação britânica e pela marca distintiva do seu cachimbo. Sua imagem pública contrasta totalmente com a postura carismática de seu antecessor.

A camiseta HIV de Mandela lhe foi presenteada por um paciente na clínica Khayelitsha. O ex-presidente vestiu a camisa em apoio à distribuição de medicamentos antirretrovirais.

Pesquisadores da Escola T. H. Chan de Saúde Pública da Harvard estimaram que as políticas renitentes de Mbeki em relação ao HIV/à aids resultaram na morte prematura de mais de 330 mil pessoas entre 2000 e 2005, além de 35 mil casos congênitos. Mbeki continuou a expressar publicamente ceticismo em relação ao HIV/à aids, inclusive em um discurso na Universidade da África do Sul, em setembro de 2022, para estudantes, diplomatas e representantes da imprensa.

    Mary-Anne Gontsana, "Treatment Action Campaign Admonishes Thabo Mbeki over HIV Views Following Speech", *Daily Maverick South Africa*, 28 set. 2022. Disponível em: < www.dailymaverick.co.za/article/2022-09-28-treatment-action-campaign-admonishes-thabo-mbeki-over-hiv-views-following-speech/>. Acesso em: 7 out. 2024.

    Samantha Power, "Letter From South Africa: The AIDS Rebel", *The New Yorker*, 19 maio 2003, p. 65.

    Amy Roeder, "The Cost of South Africa's Misguided AIDS Policies", *Harvard T. H. Chan School of Public Health News*, 2009. Disponível em: <www.hsph.harvard.edu/news/magazine/spr09aids/>. Acesso em: 7 out. 2024.

p. 129
William Shakespeare, *The Tragedy of King Lear*. Nova York: Signet, 1998, p. 31. [Ed. bras. *A tragédia do Rei Lear*. Trad. de Lawrence Flores Pereira. São Paulo: Penguin Classics Companhia das Letras, 2020.]

p. 132
Emanuel Levinas, "The Transcendence of Words", 1949, em Seán Hand (Org.), *The Levinas Reader*. Oxford: Blackwell, 1989, pp. 144-9.

p. 133
Matrix Reloaded decepcionou igualmente os fãs e os críticos. Em vez de usar sua fachada pop-cultural para revelar seus inebriantes fundamentos filosóficos, como no primeiro filme (que até inspirou uma onda de cursos universitários), a sequência parecia ser uma colcha de retalhos com cenas de ação desnecessárias e referências bíblicas e mitológicas levemente disfarçadas. *Matrix Reloaded*, separado de seu antecessor por quatro anos e uma tragédia nacional, pouco contribuiu para revelar quaisquer verdades por trás de sua aparência espalhafatosa.

p. 134
Houve uma tradição de carpideiras nos Estados Unidos, comum especialmente entre as novas comunidades de imigrantes irlandeses e italianos do início do século XX. A família enlutada pagava uma mulher para chorar ao lado do túmulo enquanto o corpo era enterrado. Na cultura irlandesa, essas carpideiras são chamadas de *keeners*.

Uma carpideira na Coreia foi o tema do aclamado filme *Cry Woman*, de 2002.

p. 135
O suor noturno, ou sudorese noturna, não é um distúrbio do sono em si, mas um sintoma de algum outro problema. A causa mais comum de suores noturnos é a menopausa (ou andropausa nos homens). Outras causas incluem HIV, tuberculose, diabetes, apneia do sono, drogas, álcool e alimentos condimentados. Recomenda-se às pessoas que sofrem de suores noturnos tomar um banho frio antes de dormir ou no meio da noite, quando acordam devido ao problema.

No sábado, 13 de dezembro de 2003, seiscentos soldados da 4ª Divisão de Infantaria dos Estados Unidos e forças especiais realizaram a varredura "Amanhecer vermelho" no vilarejo de Ad Dawr, perto da cidade natal de Saddam Hussein, Tikrit, no norte do Iraque. Procuravam um homem identificado apenas como um *"high value target"* [alvo de alto valor] ou HVT. Enfiado em um pequeno vão (um *"spider hole"* [buraco de aranha]) sob uma cabana de estrutura metálica em um campo, eles descobriram um Saddam Hussein desgrenhado e confuso. Após sua captura, Hussein foi julgado por crimes contra a humanidade pelo Governo Interino Iraquiano. Após três anos de julgamento, ele foi condenado em 5 de novembro de 2006 à morte por enforcamento. Em 30 de dezembro de 2006 — o primeiro dia do Eid al-Adha — Hussein foi executado ao amanhecer no Camp Justice, que era uma base militar dos Estados Unidos e do Iraque, nos subúrbios de Bagdá.

p. 139
De acordo com um estudo publicado na edição de 6 de janeiro de 2004 da revista *Annals of Internal Medicine*, o consumo "intenso" de café (seis ou mais xícaras por dia) pode ajudar a prevenir o aparecimento de diabetes tipo 2. "Descobrimos que o alto consumo de café reduzia substancialmente o risco de diabetes tipo 2 em homens e mulheres", disse o dr. Frank Hu, da Escola de Saúde Pública da Universidade de Harvard. O estudo descobriu que o risco pode ser reduzido em até 50% nos homens e até 30% nas mulheres. O dr. Peter Martin, chefe do Instituto de Estudos do Café da Universidade de Vanderbilt, em Nashville, Tennessee, sustentou essa afirmação, ressaltando que há muito mais do que apenas cafeína no café. O dr. Hu destacou que essas descobertas não devem ser interpretadas como uma prescrição para bebermos seis xícaras de café por dia. Várias pesquisas subsequentes confirmaram uma ligação entre o consumo de café e um menor risco de desenvolvimento de diabetes tipo 2, mas, de acordo com um estudo publicado na *Clinical Nutrition* em 2023, "o mecanismo permanece incerto".
    Robby Berman, "How Coffee Helps Lower Type 2 Diabetes Risk: New Clues on Mechanism", *Medical News Today*, 27 mar. 2023. Disponível em: <www.medicalnewstoday.com/articles/new-research-reveals-a-potential-mechanism-for-how-coffee-may-reduce-the-risk-of-type-2-diabetes>. Acesso em: 7 out. 2024.

Na quinta-feira, 14 de agosto de 2003, dezenas de cidades no leste dos Estados Unidos e Canadá, incluindo Nova York, foram atingidas por uma queda de energia generalizada. Às 16h10 no fuso horário da Costa Leste dos Estados Unidos, 21 usinas de energia na região de Niagara desligaram em menos de três minutos. A área metropolitana de Nova York foi um dos últimos lugares a ter a energia restabelecida, começando com o funcionamento da rede elétrica de Long Island, às 21h30 do dia seguinte. Tanto as autoridades americanas quanto as canadenses atribuíram o apagão a causas originárias do outro lado da fronteira que compartilham.

Na eleição presidencial de 2004, o presidente George W. Bush (republicano) derrotou o então senador John Kerry (democrata) por 31 votos no colégio eleitoral. (Bush também venceu no voto popular, com 50,7% contra os 48,3% de Kerry.)

p. 140
Fany Howe, *Tis of Thee*. Berkeley: Atelos, 2003.

p. 141
Elizabeth Costello é a personagem-título do romance de 2003 de J. M. Coetzee (o primeiro que ele publicou após ganhar os prêmios Booker Prize, em 1999, e o Nobel de Literatura, em 2003). Ela é uma romancista idosa que está lidando com o maior medo de um escritor, ficar sem palavras.

J. M. Coetzee, *Elizabeth Costello*. Nova York: Viking, 2003, pp. 76-7. [Ed. bras.: *Elizabeth Costello*. Trad. de José Rubens Siqueira. São Paulo: Companhia das Letras, 2004.]

p. 142
Paul Celan escreveu isso em 1961, em uma carta para Hans Bender, um notável pesquisador de parapsicologia.

Paul Celan, *Collected Prose*. Trad. de Rosemary Waldrop. Nova York: The Sheep Meadow, 2003, p. 26.

p. 143
De acordo com o dicionário *Oxford* de inglês:

> Nossa compreensão contemporânea da palavra *"here"* [aqui] como *"this place"* [este lugar] ou *"the place"* [o lugar] encontra as suas origens no prefixo gótico *"hi"*, que tem esse sentido (é situado antes de um substantivo). Os pronomes *"he"*, *"him"*, *"his"* e *"her"* também têm essa origem, assim como os pronomes *"hither"* [até aqui] e *"hence"* [daqui para frente]. A partir dessa origem, o feminino *"she"*, o plural *"they"* e o neutro *"it"* evoluíram com o tempo.

Créditos das imagens

pp. 22-3, 29, 31-2, 43-4, 46, 54, 56, 67, 74, 79, 94-5, 101-2, 104, 126, 145: © John Lucas
pp. 35-6: National Association for the Advancement of Colored People (NAACP)
pp. 36, 68: Reuters/ Fotoarena
p. 57: Alamy/ Fotoarena
p. 68: The Amadou Diallo Foundation
p. 82: Abiomed, Inc.
p. 85: © Google
p. 111: Zbigniew Kosc
p. 129: © Eric Miller

Todos os esforços foram feitos para encontrar os detentores de direitos autorais das fotos incluídas neste livro. Em caso de eventual omissão, a Todavia terá prazer em corrigi-la em edições futuras.

Agradeço aos editores das publicações em que os poemas deste livro saíram pela primeira vez: *Boston Review*, EPR, *Fence*, *Pierogi* e *TriQuarterly*.

Agradeço também a Catherine Barnettt, Robert Duffley, John Lucas e John Woods, sem os quais este livro não existiria.

Gostaria ainda de agradecer a Calvin Bedient, Mei Mei Berssenbrugge, Sarah Blake, Allison Coudert, Ulla Dydo, Louise Glück, Polly Gottesman, Saskia Hamilton, Bob Hass, Lyn Hejinian, Christine Hume, Ann Scott Knight, Sabrina Mark, Sarah Schulman e Mike Goodman por transformarem este trabalho em uma conversa. Agradeço também à residência artística MacDowell.

Don't Let Me Be Lonely © Claudia Rankine, 2004, Minneapolis, 2004. Publicado mediante acordo com Graywolf Press e Casanovas & Lynch Literary Agency.

Todos os direitos desta edição reservados à Todavia.

Grafia atualizada segundo o Acordo Ortográfico da Língua Portuguesa de 1990, que entrou em vigor no Brasil em 2009.

capa
Vinicius Theodoro e Luiz Pereira – Studio Tempo®
tratamento de imagens
Carlos Mesquita
preparação
Julia de Souza
revisão
Huendel Viana
Tomoe Moroizumi

Dados Internacionais de Catalogação na Publicação (CIP)

Rankine, Claudia (1963-)
    Não me deixe só : Uma lírica americana / Claudia Rankine ; tradução Maria Cecilia Brandi. — 1. ed. — São Paulo : Todavia, 2025.

    Título original: Don't Let Me Be Lonely: An American Lyric
    ISBN 978-65-5692-766-4

    1. Literatura norte-americana. 2. Poesia. 3. Polícia — violência. 4. Racismo. 5. Crime. I. Brandi, Maria Cecilia. II. Título.

CDD 811

Índice para catálogo sistemático:
1. Literatura norte-americana : Poesia 811

Bruna Heller — Bibliotecária — CRB 10/2348

todavia
Rua Luís Anhaia, 44
05433.020 São Paulo SP
T. 55 11. 3094 0500
www.todavialivros.com.br

fonte
Register*
papel
Pólen natural 80 g/m²
impressão
Geográfica